자동 피아노

자동 피아노

천희란 소설

차례

"나는 지금 증언을 하고 있는 것이지

설득하려는 게 아니다."

—장 아메리 『자유죽음』

1

네개의 발라드 Op.10

4 Ballades, Op.10

−요하네스 브람스 Johannes Brahms

....

나는 여기에 혼자 있다. 이곳은 완전히 눈이 멀 만큼 밝고 먼눈으로 보는 것처럼 어둡다. 이곳은 내 몸을 겨우 집어넣을 수 있을 만큼 좁고 영영 끝에 도달할 수 없을 만큼 넓다. 닿을 수 없을 만큼 높고 절대로 추락할 수 없을 만큼 낮다. 나는 눕거나 서거나 앉을 수 없고 혹은 그모든 자세로 있다. 나는 셔츠의 단추를 다는 실보다 가늘며 터질 듯 무한히 확장하는 것을 멈추지 않는다. 이곳의 공기는 굳건한 산처럼 움직이지 않고 바다 한가운데 내던져진 나룻배처럼 격렬히 흔들린다. 추위는 나를 깨뜨릴 듯하고 아무것도 태울 수 없는 화염이 번진다. 완전한 적막이 비명처럼 휘몰아치고 굉음은 깃털처럼 가볍다. 불가능한 것이 가능하다. 가능한 것은 불가능하다.

나는 내가 언제 여기에 왔는지 기억하지 못한다. 그것은 너무 오래전의 일이다. 나는 가파른 동시에 완만한 경사를 따라 구른다. 구르는 듯하다. 끊어지지 않는 직선의 양끝이 서로를 당기며 한없이 달아나는 동안에, 나의 위치를 가늠할 수 없다. 구르는 듯한 정지의 상태. 직선은 세계를 양분하고 영원한 직선도 세계를 완전히 반으로 가르지는 못한다. 나는 언제 여기에 왔는지 기억하지 못하고, 여기가 어디인지 알지 못한다. 나는 질문하지 않는다. 다만 기다린다. 하지만 기다리는 대상이 무엇인지 분명하지 않다. 기다림조차 짐작에 불과하다. 사건은 연속적으로 발생하지만 세계는 시간을 추월해 펼쳐져 있다. 화면을 기울이면 직선은 대지와 수평을 이루고, 다시 화면을 기울이면 대지와 수직으로 대립하며, 다시 화면을 기울이면 자유낙하가 시작될 것이라는 예감은 이루어지지 않는다. 구르는 것도 구르지 않는 것도 아니고 내려가거나 오르거나 정지하지도 않지만 모든 것이 유지되고 가속한다.

꿈속에서 나는 언제나 내가 그곳에 도달한 때와 이유를 알지 못했다. 꿈의 입방체는 규칙을 허물고 약속을 파기하며 진리를 침식한다. 바람이 불지 않아도 가지는 흔들리고 깨진 전구들이 눈부시게 명멸하며 목소리 없는 노래에 물이 범람한다. 나는 질문한다. 나는 언제 왔는가. 어디서 왔는가. 그러나 돌아서면 질문은 곱게 부서져 사막을 이루고, 나는 잊는다. 질문은 항구적이고, 항구적 유예 상태에 있다. 미리 말해졌고 아직 말해지지 않았다. 그러는 동안에도 사건은 일어난다. 테이블을 치워도 추락하지 않는 아름다운 빈 식기들 앞에서 식사를 하고, 커튼을 열고 나온 인형이 꽃병을 발로 차며 대사를 읊는다. 유리창에 아른거리며 손을 흔드는 나를 향해 나의 손을 흔들 때, 아른거리는 내가 나보다 먼저 존재한다. 팔과 다리가 사라지는 동안의 춤. 그런데 여기에는.

의식은 깨어 있는 동안에 꾸는 꿈. 여기는 어디일까. 내가 기억을 더듬을 때 나는 이미 기억 속에 있다. 나는 기억하는가. 기억되는가. 내가 기억되고 있다면 나는 누구인가. 어쩌면 내가 여기에 오래 머물렀다는 생각은 착각에 지나지 않을지 모른다. 나는 방금 도착한다. 지금. 그리고 다시 지금. 나는 내가 가진 가장 큰 것을 건다. 무엇을. 무엇에. 얻을 것도 잃을 것도 없지만 중단할 수 없는 도박이 있다. 지금 이 순간과 교환되는 지금. 낮과 밤이 함께 있고, 사건은 시간 위에 순서대로 나열되지 않으며, 누구도 나의 말을 들어주지 않고, 누구도 내게 말을 걸어오지 않는다. 나는 내가 언제 여기에 왔는지 기억하지 못한다. 무엇을 믿어야 하는가. 그러나 믿음은 추론되지 않는다. 꿈에서 깨어나기 전에, 우리는 우리가 그곳에 어떻게 도착했는지 이해할 수 없다. 꿈에 관하여. 우리는 깨어나며 이해하고, 깨어나며 잊는다.

여기에는 우리가 없다. 나는 여기에 혼자 있고, 고독하다. 내가 고독이라는 단어를 떠올렸다는 사실은 놀랍다. 마치 내가 여기에서 특별히 고독하거나 더 고독해지기라도 했다는 듯이. 단 한순간이라도 고독하지 않은 순간이 있던가. 불 켜진 창으로부터 흘러넘친 사랑의 온기 아래를 언 발로 거닐 때가 아니더라도, 아침과 저녁의 인사를 구분할 수 없는 먼 나라에서 불현듯 모국의 언어가 낯설어지는 순간이 아니더라도, 빛이 넘실대는 물과 짙은 회색 구름이 맞닿은 지평선을 바라보며 눈물을 삼키는 때가 아니더라도. 절대로 동의할 수 없었던 브람스적 정서에 매료되어 돌연 한번도 경험한 적 없는 노년의 회한 속에 빠져들 때가 아니더라도. 고독은 나의 손이고, 발이고, 충혈된 눈이고, 쉬어버린 목소리였는데.

목소리. 그렇다. 고독은 나의 육체, 나의 목소리 그 자체였고, 고독의 목소리는 나에게 돌아와, 내가 온전히 고독해지는 것을 허락하지 않았다. 그러므로 고독은 나 자신이면서 내가 결코 소유할 수 없는 것. 그렇다면 나는 홀로 여기에 도착해 비로소 진짜 고독을 깨달은 것일까. 그러나 이것은 질문이고, 질문은 목소리이며, 질문이 존재한다는 것은 내가 여전히 혼자가 아니라는 뜻이다. 질문이 존재할 때 침묵은 대답한다. 목소리는 되돌아온다. 고독은 느끼거나 만지거나 가질 수 없다. 고독하다. 그 말은 속임

수에 지나지 않는다. 고독을 생각하는 순간에 고독은 사라진다. 고독은 욕망되고, 고독은 거부한다.

나는 여기에 혼자 있다. 그리고 나는 또 여기에 혼자 있다. 고독은 고립이 아니다. 고독은 나의 잉여, 잉여의 과잉, 과잉의 질식. 고독의 시공에는 시작과 끝이 없다. 고독은 좌표를 지우고 나를 아무 곳에나 방치시킨다. 이곳은 저곳이며, 저곳은 그곳이다. 지금이 그때이고, 그때는 흐르지 않는다. 고인다. 차오르고, 넘치고, 확산하며, 수렴한다. 여기에서는 모든 것이 동시적으로 가능과 불가능의 상태에 있다. 내가 고독을 선언할 때 고독은 무리를 이룬다. 내가 여기에 도착하기도 전에 나는 여기에 도착한 나를 생각한다. 하염없이 중얼거리는 동안에 말을 잃고 침묵한다. 시간이 흐르지 않는데도 영원 속에 있다. 영겁의 세월 속에서 젊어지거나 늙어가지 않는 채 있는 것도 가능하다. 머리와 입 없이 생각하고 말할 수 있다. 동시에 일어날 수 있다고 상상조차 해본 적 없던 일들이 여기에서는 일어난다. 반대의 경우는 상상할 필요조차 없다. 모든 일이 이미 일어나고 있다. 아무런 사건이 없는 사건이 일어나고 있다. 내 선택은 내 선택에서 제외된 것들을 선택하는 것이다.

지금은 언제나 내 뒤에 있고, 여기는 어느새 거기이며, 아직 말해지지 않은 것을 듣고, 생각되기 전에 말해진다. 그러나 좌표는 없고, 인과는 무용하며, 이것과 저것은 흩어진 채 포개져 있다. 더는 설명할 길이 없다. 물론 설명할 필요가 없다. 나는 지금 여기에 이해 없이 있고, 설득할 대상도 없다. 그럼에도 나는 계속해서 말하거나 생각하고, 듣는다. 매번 이러한 한계에 봉착해 있다. 동시에 한계를 넘어서 있다. 한계가 지워질 때 한계가 속박한다. 설득할 것이 없고, 설득할 대상이 없고, 설득할 수 없고, 설득하기를 포기했음에도, 설득하기를 멈출 수 없다. 고독, 그것은 고립이 아니다. 무력한 전능감이다.

내가 이렇게 끊임없이 중얼거리는 동안에, 침묵의 길이와 두께를 갱신하는 동안에, 의식 속에 멈추지 않고 되풀이되는 추상이 있다. 입가에서 맴도는 소리가 있다. 죽음. 그렇다. 그 이야기를 하려고 했다. 여기에서는 하나의 길에 집중해 걷기 시작하면 곧 길을 잃어버린다. 모든 사건이 동시에 일어나고, 모든 생각이 동시에 나타났다 사라지니까. 모든 것이 혼란스럽다. 아니다. 혼란보다 명료한 것은 없다. 이것도 저것도 아니며, 이것과 저것인 상태. 어디로도 가지 않고, 모든 곳으로 흩어지는 일. 여기에서는 내가 어디에서 어떠한 경로를 따라 오거나 가는지 알 수 없다. 여기는 어디인가. 지금은 언제인가.

내가 무슨 이야기를 하고 있었지. 여기에서는 자꾸만 길을 잃는다. 길을 따라가면 길이 지워지기 때문이다. 그래. 죽음, 죽음이다. 모든 것이 가능하고, 또 불가능한 상태로 존재하거나 존재하지 않는다. 의심의 여지가 없다. 모든 것이 가능하므로. 그 가능한 모든 것이 불가능으로 가능한 이곳에 유일하게 놓여 있지 않은 것. 내가 결코 그것 자체가 될 수 없는 것. 지금 여기에 속하지 않는 것.

죽음은 언제나 바깥에 있다. 오직 죽음만이 내가 말하지 않은 목소리로 나에게 말을 건다. 하나 죽음은 바깥에서 지금 여기의 모든 가능성과 불가능성을 둘러싸고 있다. 일순간도 잊히거나 사라지지 않고, 모두가 듣지 못할 때에도 나지막이 속삭이며, 더 깊은 곳의 깊은 곳으로 숨어들어도 그보다 더 깊은 곳을 들여다본다. 죽음은 길을 잃어버린 순간에도 잊히지 않는다. 길잡이이고 이정표이며, 차라리 길 그 자체이다. 그래. 나는 죽음에 대해 말하려고 했다. 죽음에 대해 생각하려고 했다. 내가 말하거나 생각하지 않아도, 이미 말하고 생각하는 것. 이미 말해졌고 생각된 것.

녹거나 부서지거나 축소되거나 팽창하지 않는 가장 단단한 진실이 안으로부터 무한히 쪼개질 때에. 그것은 파멸일까 생성일까. 어쩌면 지금 여기는 죽음이라는 단단한 껍질 속의 세계. 모든 가능과 모든 불가능은 자유일까 속박일까. 있지만 있지 않고, 오지만 오지 않는 것. 다가가는 것일까 기다리는 것일까. 욕망하는 것일까 욕망되는 것일까. 내가 무슨 이야기를 하고 있었지. 죽음. 그래, 죽음이다. 내가 다른 이야기를 하고 있을 때에도 나는 여전히 죽음에 대해 이야기한다. 죽음은 지금 여기에 없기 때문에. 죽음만 지금 여기를 포위하기 때문에. 미완성일 때에만 온전해서 끝내 나라고는 호명될 수 없는 것. 내가 되면 사라지는 것. 그리하여, 나조차 나일 수 없게 하는 것.

내가 무슨 이야기를 하고 있었지. 그래, 죽음에 대해서. 그런데 내가 죽음에 대해 어떤 이야기를 하려고 했는지 모르겠다. 일단 이렇게 시작해야 할 것이다. 나는 여기에 혼자 있다. 나는 내가 언제 도착했는지 기억하지 못한다. 아주 오래되어서, 혹은 아직 오지 않아서. 그럼에도 이미 여기 혼자. 그럼에도 단 한번도 혼자가 되지 못한 채로. 슬프다고 말하면 슬픔이 달아날까 겁이 난다. 무섭다고 말하면 말해지지 않은 무서움에 사로잡힐까 겁이 난다. 겁에 질린 내가 가장 위협적인 것으로 거듭난다. 이 모든 게 죽음에 대한 이야기이다. 서로를 당기며 영원히 멀어지는 직선의 끝이 구부러짐도 없이 만나고, 순간을 분절하는 무수한 경계가 경계를 토막 내고, 이해의 근거들이 이해의 불능만을 지시한다.

그러므로 죽음. 그래, 생각할 수 없는 죽음만을 생각하자. 죽음을 생각하고 생각을 멈추자. 그러나 지평은 교란되고, 위치는 소멸하며 떠밀려간다. 몇번을 되풀이해도 제자리로 돌아오지 않고, 아무리 이동해도 처음의 자리에서 벗어날 수 없다. 해방의 구속. 이 이야기를 어떻게 시작해야 할까. 이미 오래전에 시작되었고, 이미 끝난 이야기를. 나는 내가 언제 이곳에 왔는지 기억하지 못한다. 기억하지 못하는 것을 기억하며 홀로 있다. 그러나 단 한번도 혼자가 되지 못한 채로. 외롭다고 말하는 목소리가 너무 많아 외로움이 부정되고, 이토록 무거운 좌절은 영영 바닥에 닿지 않아 무게를 상실한다. 아무것도 태울 수 없는 푸른 불이 언덕을 수몰시키는 광경이 들려올 것. 그때 여기를 무어라 부를까. 지옥. 아니면. 이상하게도 그에 정확히 대립하는 단어를 찾을 수 없다. 나는 너무 많고, 많은 나를 지켜보는 내가 나에게 누구인지 묻고, 질문 속에서 더 많은 내가 발견되고, 너무 많은 목소리가 모든 의미를 배척할 때. 나는 내가 여기에 없다는 사실을 깨닫는다. 아무리 애를 써도 진실해지지 않는다.

2

．

소나타 라단조 Kk.9 "전원곡"
Sonata in D Minor, Kk.9 "Pastorale"

−도메니코 스카를라티 Domenico Scarlatti

단언하지 않겠다. 이렇게 다짐하면 다짐이 무너진다. 내가 누군가를 죽이지 않겠다고 선언하면, 누군가 반드시 죽고 말 것 같다. 다행과 불행은 대개 잘 구분되지 않는다. 그리고 다행인지 불행인지 여기에서 내가 죽일 수 있는 대상이라고는 나 자신뿐이다. 내가 나로 있는 동안에 나는 나로부터 계속해서 멀어진다. 내가 아닌 것이 모두 나로 있다. 이것은 진실이 아니고. 그렇게 말해도 거짓이 되지는 않는다. 혼란스럽게 말할수록 한층 단순해진다, 혼란은. 혼란을 명료하게 말하면 혼란은 떠나고 없다. 텅 빈 채로 있는 것이 가득히, 겨우 있다. 사물과 배경이 명확하게 구분되던 곳에서도 진실은 가능이자 불가능. 진실은 먼저 와서 기다리는 것이 아니고, 빛 속에서, 밝혀진다. 그러나 빛이 진실을 축조하는 것이 아니고. 빛 속에서는 자주 눈이 먼다. 변하지 않는 진실은 간혹 빛을 꺼뜨리고 웅크린다. 꺼진 빛은 어둠의 동의어가 아니고, 변하지 않는 진실은 없다. 없는 것은 웅크리지 않는다.

나는 진실을 말하거나 말하지 않는 것이 아니고. 나는 진실을 말할 수 있거나 말할 수 없는 것이 아니고. 진실은 깜빡인다. 사라지거나 나타나는 것은 아니다. 그런 것이 아니다, 진실은. 숨을 참았다 들이마실 때마다 죽었다 사는 것이 아닌 것처럼. 마침표는 닫힌 문이 아니다. 딛고 건너가는 돌이 아니다. 잠겨 있다. 침식된다. 이해하기 위해서 사물이 배경 앞에 놓여 있다고 믿는다. 배경 앞의 사물은 그 앞에 놓인 사물의 배경. 물 위를 걸을 수 없다. 건너갈 수 없다. 떠내려간다. 물이 마르면 물의 건너편이 사라진다. 내가 말하면 내가 말한 것이 나타난다. 내가 말한 것이 나타나면 말해지지 않은 것들이 소외된다. 나는 나를 나라고 부르고 싶은데, 내가 나일수록 더 많은 내가 지워진다. 사라지지 않으려고 중얼거리고, 중얼거리는 동안에 멈출 수 없어서, 끝에서 자꾸, 처음이라고 한다. 이상하다. 오른쪽이 있는데 왼쪽이 없는 것이.

사랑하지 않겠다. 이렇게 결심하면 이미 사랑에 빠져 있다. 내가 죽지 않겠다고 말하면, 내가 벌써 죽어 있을 것 같다. 하지만 죽음은 언제나 바깥에 있고 바깥에 나가보지 않고는 그 밖에도 바깥이 있는지 알 수 없다. 내가 죽음이라고 말하면 바깥이 안에 있고 풍경이 사라진다. 흰 것도 검은 것도 투명한 것도 불투명한 것도 납작한 것도 부푼 것도 아닌, 없는 것이 있다. 여기에 있는 것이 아무것도 없이 여기에 있다. 분명히 있다. 나도 그런 것이 되고 싶은데. 설명하거나 증명하거나 확인할 필요도 없이 있고 싶은데. 바깥은 수시로 안에 있고, 안은 바깥 속에 있는데, 나에게만 바깥이 없어서 그저 계속 중얼거리기만 한다.

나는 나를 모른다. 이렇게 말하면, 나는 내가 모르는 나를 벌써부터 알고 있어서 배반당한다. 사랑해. 그렇게 고백하면. 사랑해. 목소리가 대답한다. 똑같은 크기의 사랑이 똑같은 횟수로 오가는 걸 공평한 사랑이라 부를 수 있다면 좋을 텐데. 사람들은 그런 것을 거래라고 한다. 그러나 더 사랑하거나 덜 사랑해서가 아니라, 내가 사랑하는 것이 누구인지 몰라서, 누가 나를 사랑하는지 몰라서. 슬프다. 누구의 것인지도 모르는 사랑이 이렇게 많이 있는데, 누가 누구에게 저질렀는지 알 수 없는 잘못도 그렇게 많다. 나를 너무 사랑해서 내게 너무 많은 죄를 지었다. 그러고 싶지 않아도 그렇게 된다. 여기에서 내가 죽일 수 있는 대상이라고는 나밖에 없으니까. 내가 나를 너라고 부르며 죽이고 나면, 죽은 나는 죽어서 다시 사랑을 가르친다. 가르치는 게, 배우는 게 누구인 줄도 모르고. 슬프다. 이렇게 생각하면 슬픔이 무엇인지 알 수 없어서 슬픈 이유만을 추적하다보면 기억나지 않는 단서 앞에 도착해 있다. 기억에서 사라진 것을 존재했다고 해도 좋은 걸까. 잡아서 놓친 것을, 불러서 지운 것을 그것이라고 할 수 있는 걸까. 절벽 끝에 서도 절벽 앞에 서도 똑같이 막막했다. 절벽은 너무 높고, 나는 멈추지 못하는 상태에 머물러 있다. 모두 말해버려 말해지지 않은 말이 남아 있지 않을 때까지.

내가 슬프다고 말하면 슬픈 나는 물의 건너편에 가 있다. 슬퍼지려면 슬픔을 잊어야 하고, 나에게 가만히 물을 내려다보라 한다. 슬픔이 물을 건너가지 못하게, 슬퍼지려고, 슬픔이 다 사라질 때까지, 사라졌다는 것을 기억할 수 없을 때까지, 물을 본다. 한없이 유연하고 강철보다 단단한 물. 보이지 않는 깊이에서 요동치면서도 수면 위에 잔잔하게 머무는 물. 투명으로 불투명을 완성하는 물. 나는 물을 보고 물은 나를 보지 않는다. 내게 말하지 않는다. 무관심한 물. 혼자 흔들리고 흐르고 역류하고 넘치고 빠져나가는 물. 마음도 의미도 될 수 없어서, 어떤 마음도 의미도 보존하는 물. 진실도 거짓도 전복되지 않고 물속에서는, 그냥 있다. 죽음은 언제나 바깥에 있고, 안에 있는 물은, 아무것도 내보내지 않아서 바깥이 되고.

지긋지긋하다. 말하면 죄가 될까봐 죄에 대해서만 말하는 일이. 말한 대로 이루어질까 이루어져도 상관없는 것들만을 말하는 일이. 누추한 집을 들키지 않으려고 창가에 아름다운 커튼을 다는 일이. 소중한 것을 묻은 땅에 집을 지을까 저주의 비석을 세우는 일이. 내가 나를 너라고 부르면 무너질까 눈을 감고 거울을 깨도 얄팍한 욕망은 사라지지 않는다. 그만. 멈추고 싶다. 멈춰 있는 것을 멈추고 싶다. 멈춰지지 않아서 멈춘 것을 멈추려고. 그만. 지긋지긋하다. 죽고 싶다. 이것은 나 자신에 관한 이야기이다.

죽고 싶다. 나는 말하지 않는다. 죽고 싶다. 내 목소리가 들린다. 이것은 나 자신에 관한 이야기이다. 죽고 싶다. 말하지 않아도 들려서, 곧 내가 죽을 것 같다. 움켜쥐면 손에 쥔 것이 저기에 있다. 달아났어도 달아나지 못했다. 내가 죽음을 부르는 것이 아니라, 죽음이 나를 부른다. 내가 나에게 말하는 것이 아니고, 죽음이 나와 나에게 말한다. 내가 갈 수 없어서 밖이 된 것, 내 안에 이미 있는 것이. 나를 창조한 것처럼 내게 주어진 법처럼. 죽고 싶다. 내가 말하지 않은 것이 나의 목소리로 들려오고, 나는 묻는다. 죽고 싶은 자 누구인가. 죽이려고 하는 자 누구인가. 죽으려고. 죽이려고.

지긋지긋하다. 죽고 싶다고 말하지 못하면서 죽고 싶다는 열망이 의심받을까 죽지 않겠다고 약속하는 일이. 죽지 않겠다는 말로 죽고 싶은 마음을 이해받으려는 비겁함이. 죽는 일에 실패할까 죽기를 시도하지 못하게 하는 망설임이. 빠져나올 수 없는 진창에 빠지면 정말로 죽어버리면 된다고 스스로를 위로하는 일이. 죽고 싶지 않다고 말하면서 단번에 죽을 방법을 궁리하는 일이. 죽음이 두렵지 않다고 말하면서 진짜로 두렵지 않을 때를 기다리는 일이. 지긋지긋하다. 이것은 나 자신에 관한 이야기이다.

　죽어서 고통을 끝내고 싶지만, 죽어서 고통을 끝내려는 마음이 고통으로 돌아와서 거기에 갇혔다. 죽으려 해도 두렵지 않은데 죽으려는 나를 생각하는 나는 두렵다. 죽으려고. 죽지 않으려고. 미쳐버릴까 두려워서, 미쳐버리기 전에 죽어야지 하고서, 죽을 수가 없어서, 계속 미쳐버릴지도 모른다는 예감에 사로잡혀 있다. 이것이 그저 착란일 뿐이라면, 이미 미쳐 있을까, 미쳐서 죽으려는 것일까, 미쳐서 죽지 않으려는 것일까, 답하는 자는 없고 되묻는 목소리만 있다. 미친 사람이 미칠까봐 두려울 수 있을까. 미친 사람이 스스로 미쳤다고 생각할 수 있을까. 다 끝내고 싶은데 어느 쪽에서 시작되었는지 몰라서 어느 쪽으로 가야 끝나는지도 모른다. 과거도 미래도 언제나 현재.

지긋지긋하다. 죽고 싶지 않다고 생각하면 죽을 수 있다는 확신이 무너질까 거듭 죽고 싶다 생각하는 일이. 옆구리에 칼이 들어와도 여전히 때를 기다리는 일이. 참을 수 없는 것을 참으면서 참고 있어서 참을 수 있다고 믿어야 하는 일이. 하염없는 유예 속에서 미련 없이 끝장내리라 다짐하는 일이. 비우고 비운 다음에도 의미가 나를 향해 침투하는 일이. 이런 말을 하고 나면 이 모든 게 유순해지는 경험이 정말로 지긋지긋하다. 이것은 나 자신에 관한 이야기이다. 말하고 나면 나는 이야기 바깥에 서서 비웃고 있다.

단언하겠다. 내가 누군가를 죽이겠다고 다짐하면, 죽이는 일을 망설이고 있다는 뜻일 테니까. 나는 나를 죽이고 싶다. 나는 나를 죽이고 싶지 않다. 나는 죽고 싶다. 나는 죽고 싶지 않다. 나는 나를 죽이겠다. 나는 나를 죽이지 않겠다. 나는 죽겠다. 나는 죽지 않겠다. 나는 두렵다. 나는 두렵지 않다. 나는 안다. 나는 모른다. 몰라서 지은 죄도 죄라고 부른다. 확신할 수 없어서 머뭇거리기만 하다 저질러지는 죄도 죄라고 불러야 할까. 죽이는 건 죄다. 죽는 건 죄가 아니다. 죽는 건 죄가 아닌데, 죽고 싶다 말하는 건 죄가 된다. 죄짓고 싶지 않아서 내게 죄를 지었다. 사는 것 같지도 않은 삶을 산다. 죽음만 생각하며 산다. 죽으면 죽음도 없겠지. 죽으려 하는 게 죄라면 죽지 못하는 게 벌이고, 죽는 일만 생각하고 사는 게 죄라면 살아 있는 자체가 죄일 텐데. 충분히 실현되는 것이 없다. 충분히 실재하는 것이 없다. 실패한다. 실패했다. 실패할 것이다.

　이제 나는 오직 실패의 영감만을 가진 채로 왕좌에 앉는다. 지금부터 여기는 영원한 현재, 내가 창조 중인 영토이며, 나는 나의 기사이고, 노예이고, 수행자이며, 도살자이다. 지평선이 번지다 사라지는 세계를 달리는, 머리가 사라진 말들이 모는 텅 빈 마차. 길을 따라가지 않고 길을 지우고, 길을 짓밟고, 길에서 달아날 것이다. 완성되려는 모든 의지를 거부한다. 그렇게 말하고서 완성된 거부를 거부한다. 이제 나는 왕관을 쓰고 있다. 나는 왕으로서 말한다. 의미를 깨달은 무기력한 자들은 침묵하라. 목소리 없이 연주되는 음악처럼. 여기 실패한 죽음의 홀을 쥔 왕이 있다. 허기도 전쟁도 없는 왕국에서. 들으라. 나는 죽고 싶다. 나는 죽고 싶지 않다. 단 한번만 진실하고 싶다. 목소리를, 나는 듣는다.

3

피아노 소나타 제16번 가단조 D.845
Piano Sonata No.16 in A Minor, D.845

– 프란츠 슈베르트 Franz Schubert

불행을 약속받고 태어난 듯한 존재가 있다. 그의 불행은 사건이기도 하고 성정이기도 하다. 불행이라기보다 고통이라 해야 할 것이다. 불행은 해석의 대상이지만, 불행이 불러일으키는 고통은 해석되지 않는다. 식지 않는 불덩이를 안은 것처럼, 그는 매 순간 고통을 느낀다. 너무 많은 고통에 길들여져왔기 때문이다. 하물며 작은 폭죽처럼 터지는 일상의 기쁨에서마저 고통을 느낀다.

밤하늘을 희게 밝히며 떨어져 내리는 불꽃이 그의 얼굴을 태울 것만 같다. 그에게 행복은 마른 모래로 지은 모래성과 같아서 아무리 쌓아올려도 남는 것은 흙무덤뿐이다. 그는 행복과 마찬가지로 불행 또한 지속되지 않으리라는 것을 깨닫지 못한다. 그를 절망케 할 사건이 일어나지 않아도 그는 절망한다. 절망의 기억과 절망의 예감에 종속되어 있다. 편집된 기억과 무절제한 예언이 악몽을 불러온다. 악몽은 이미 지나갔거나 아직 오지 않은 고통의 현재적 현현이다. 고통의 실감 속에서 의미는 상상되지 않는다.

무엇이 그를 그렇게 만들었는지에 관하여, 그는 설명하지 않을 것이다. 그는 설명하지 못한다. 갖은 불화와 실패, 실연과 상실뿐 아니라 그가 접촉하는 모든 종류의 꿈과 현실 전부가 그에게 고통을 유발한다. 시간이 모든 것을 해결한다는 금언도 그의 고통 앞에서는 유효하지 않다. 시간은 고통의 누적이고, 누적된 시간 속에서 고통은 압축된다. 고통은 너무 거대해서 아무리 뒷걸음질 쳐도 돌아갈 길을 보여주지 않고, 너무 밀도 높게 압축되어 있어

꺼내려고 해도 어디에 있는지 알 수 없다. 고통을 넘어설 수도, 고통을 끄집어낼 수도 없다는 체념의 해일은 그의 머리 위에서 점점 키를 늘인다. 그는 고통이라면 아주 작은 벌레 한마리의 기척과 같은 것에도 경악을 금치 못한다. 그러나 고통은 느껴질 뿐 표현되지 않는다. 고통의 발화는 틀어막힌 입이 내지르는 비명처럼만 겨우 새어나온다. 그의 목소리는 고통의 말뚝에 매여 있다. 그러므로 그의 고통은 알려지지 않았다. 그가 살면서 경험한 사건들을 완벽하게 이해하더라도, 고통에 대해서는 아무런 이해도 획득할 수 없을 것이다. 설령 고통스럽다고 말하는 그의 목소리를 듣게 된다 한들 그것은 그가 느끼는 고통의 증거가 되지 않는다.

그때 고통은 의미 없음이 아니라, 너무 많은 의미이다. 지독한 의미이다. 고통은 그저 그의 내부를 향해서만 끝없이 말을 걸고, 그가 그 모든 말을 받아적기도 전에 그의 정신을 찢고 지나간다. 그렇기 때문이다. 너무 많은 의미 때문에, 그는 아무런 의미도 포획하지 못한다. 그는 활짝 열린 장소에 고립된다. 그리고 고립 속에서 우주만큼 가늠할 수 없는 크고 낯선 세계가 생성한다. 그 세계에서 그는 그의 자식으로, 그의 부모로, 그의 형제로, 그의 연인으로, 그의 원수로, 태어난다. 무수히 쪼개진 자기 자신으로. 돌이킬 수 없이 많은 목소리로. 고통의 무게에 짓눌려 터져 나오듯 태어난다. 갓 태어난 목소리가 고립된 열린 세상에 출몰할 때, 고통은 그에게 아무것도 요구하지 않는다. 다만 장악할 뿐이다.

고통은 그의 눈을 통해서 세계를 본다. 고통의 관점으로. 고통은 사물의 이름을 지운다. 목적을 지운다. 역사를 부정한다. 존재를 부정한다. 그의 시선이 닿는 모든 풍경이 고통의 소실점에 수렴된다. 그가 고통을 넘어서지도 끄집어내지도 못하는 동안에, 고통의 정체를 잊은 채로 고통받는 동안에, 고통에 무릎을 꿇고 복종을 선택하는 동안에, 고통은 그의 안팎을 드나든다. 고통은 찾아오지 않는다. 먼저 가서 기다린다. 고개를 돌리면 거기에 고통이 있다. 고통이 응시하는 모든 사물에 고통이 깃든다. 이제 그가 사물을 보는 것이 아니라, 사물이 고통의 관점으로 그를 본다. 그가 테이블을 바라볼 때, 테이블은 더이상

테이블이 아니다. 관자놀이를 타고 땀이 흐르는데도 닦지 못한다. 혈류를 차단한 손가락 끝을 바늘로 찌르는 것처럼 감각과 지각 사이의 거리가 벌어진다. 그는 자신을 관찰하는 고통을 관찰한다. 초침이 이동한다. 초침이 일초를 건너뛰는 거리는 일정하고, 초침이 공간을 밀며 시간을 끌고 가는 동안, 그의 귓가에서 시간은 영원히 같은 구간에 갇혀 있다. 고통은 욕망이 없다. 고통은 욕망된다.

사물에 깃든 고통은 사물보다 크다. 테이블의 고통은 테이블 바깥으로 일어나 벽을 무너뜨릴 듯 성장한다. 저것은 테이블이 아니다. 고통의 관점이 속삭인다. 테이블이 아니라면 무엇인가. 저것은 테이블이다. 그가 생각하면. 테이블은 즉시, 작고 예리한 칼이다. 부동과 침묵으로 걸어온다. 저것은 테이블이 아니다. 귀를 막으면, 고통의 입김은 더 가까워온다. 저것은 테이블이다. 저것은 테이블이 아니다. 저것은 목소리가 아니다. 나는 목소리다. 그가 말하기도 전에 그가 부정된다. 그가 생각하기 전에. 고통은 그 자신을 제외한 모든 것을 부정한다.

나는 깨어 있는가. 나는 앉아 있는가. 나는 바라보고 있는가. 나는 말하고 있는가. 잔을 든 손은 나의 손인가. 마시는 입술은 나의 입술인가. 뜨거운 감각은 나의 감각인가. 들리는 것은 나의 목소리인가. 내가 말한 것이 내가 생각한 것인가. 저것이라 부른 것이 저것으로 있는가. 언어는 가속한다. 그의 신체는 언어의 속도를 따라잡을 수 없다. 그의 진술이 그의 진술을 뒤엎는다. 새로운 진술이 앞선 진술을 파기한다. 무엇도 확정하기 어려워, 급기야 허기와 피로를 의심하여, 걷는 동안에도 걷지 못하고, 웃는 동안에도 웃지 못하며, 무엇이 붙드는지도 모르면서 그것에 붙들려 있다. 헤어나올 수 없다. 이어 그 헤어나올 수 없음을 의심한다.

어느 독실한 신자가 신 앞에서 말하기를. 나는 내가 누군지 모릅니다. 나는 나의 이름을 모릅니다. 내가 어디에 있는지도 모릅니다. 나는 아무것도 알 수 없습니다. 나의 육신과 정신은 나약하고 초라하여 그 모든 것을 당신의 뜻에 맡길 것입니다. 당신이 없는 나는 텅 빈 껍데기와 다름없습니다. 그리하여 독실한 자는 자기를 버리고 믿음과 함께 자기 자신으로 돌아온다. 믿음을 가진 자는 무지를 고백하고 평화를 얻는다. 그러나. 내가 누구인지 모릅니다. 나는 나를 믿지 못합니다. 그가 그렇게 고백하면 정말로 자신이 누구인지 알 수 없게 된다. 고통의 다른 이름은 믿음의 부재이다.

고통은 욕망이 없고, 스스로의 존재를 설득하지 않는다. 그러므로 그는 고통조차 신뢰할 수 없다. 그가 고통스럽다고 느낄수록 고통은 그를 비웃는다. 고통이 그를 괴롭히는 것이 아니라, 그가 고통에 갈급을 느낀다고 말한다. 그는 고통받는 것이 아니라, 고통스러움을 연기하고 있을 뿐이라고 말한다. 그가 고통의 신기루를 향해 걸어가기를 멈추고 뒤를 돌아보면, 똑같은 고통의 도시가 눈앞에 서 있다. 그가 다가가면 도시는 물러난다. 고통은 그의 모든 경험과 사고를 회의하고, 그는 회의하는 자신을 회의한다. 불신은 믿지 않음에 대한 믿음이므로, 그에게는 불신의 기회조차 주어지지 않는다. 휴식은 없다. 고통은 그의 일거수일투족을 감시하고, 그가 걸으려 하면 그의 발에 못을 박아 주저앉힌다. 누군가 내민 손을 붙잡고 일어서려 하면 그의 감각을 마비시킨다. 타인의 온기가 묶여 있는 그를 끌어내려 하면 질긴 올가미만이 더 깊게 죄어온다.

살이 찢기고 피가 흐르고 맥박이 날뛴다. 선명하게 아프다. 그러면 다른 목소리가 들려오고. 다른 목소리. 또다른 목소리. 끝없는 대화가 시작되어, 그의 주장을 부정하는 목소리가 그를 두둔하기에 이르고, 이윽고 부정을 부정하며 꼬리를 문다. 도끼로 꼬리를 내리치려 하면 거기에 그가 누워 있고, 그는 도끼를 휘두르는 손의 의지가 누구의 것인지 의심하고, 누워 있는 그가 도끼를 쳐들고 있다.

고통은 장악하고, 회의하는 목소리를 먹이로 준다. 모든 고통이 거짓이라 믿으면 고통에서 벗어날 수 있을 텐데. 환상이라 믿으면 견딜 수도 있을 텐데. 내가 나 자신이 아니라면 나의 고통이란 존재하지 않을 텐데. 그러나 항구적인 가능성이란 천사의 헤일로를 쓴 악령. 그는 최후의 최후까지 더 많은 목소리를 듣게 될 뿐이다. 더 많은 목소리를 갖게 될 뿐이다. 오직 그만이 들을 수 있는 그의 목소리가 동시에 노래하고, 목소리가 그의 안과 밖 어디에서 들려오는지 알 수 없어서, 분명 그의 목소리인데, 그는 여기에서 듣고 있어서. 그는 잠들려 하지만 잠들지 않는다. 취하려 하지만 취하지 않는다. 벌써 잠에 든 것 같고, 벌써 취해 있는 것 같다. 분명 그 자신의 목소리여서, 의혹 속에서, 무심결에 지나친 거울 앞으로 돌아온다. 그가 거울 앞을 지날 때면 거울에 비치지 않은 것만 같은 기분이 거울을 지나친 그와 거울 앞에 선 그 사이에 존재한다. 고통의 관점으로 거울을 보면, 거울은 산산이 깨어져 각각의 조각이 고통을 날카롭게 난반사한다. 조각의 의지가 저마다의 고통을 주장한다. 고통은 얼굴이 없고, 고통의 관점에서는 거울 속에 그가 없다. 그는 견딜 수 없는 것을 견딘다. 견디고 있는 것을 견디지 못한다. 눈을 뜰 것인가, 눈을 감을 것인가. 질문은 상충하는 두개의 선택지가 아니고, 선택할 수 없어서 무수해진다. 진실과 거짓을 구별할 수 없을 뿐 아니라, 진실한 것과 거짓된 것의 의미가 혼동된다. 그에 관하여, 그의 고통에 관하여, 나는 끝내 아무것도 말하지 못했다.

4

네 개의 만가 Op.9a, Sz.45
4 Dirges, Op.9a, Sz.45

−벨러 버르토크 Béla Bartók

....

　　　　　물러갈 어둠도 도래할 빛도 없는 듯한 풍경 안
에 들어가 있자면, 들짐승의 울음도 새들의 지저귐도 없
고, 나와 나의 고통만이 하나의 의자에 포개어 앉아 있다.
고통이 출렁이지 않는 물 아래 가라앉으면, 나는 나로부
터 슬그머니 물러나, 비로소 투명해진 나의 상념을 지켜
보았다. 표정을 알 수 없는 사람의 뒷모습은 언제나 갓 완
성된 회화처럼 보인다. 실수로 떨어뜨린 한방울의 물감

이 봄볕 쏟아지는 잔디 위에 평화롭게 잠들어 있는 부인을 살해하기도 하는 것처럼. 살짝 문지르면 마르지 않은 어깨의 윤곽이 창백하고 그윽한 그늘 속에 흩어져버릴까 봐. 만지지도 않고, 말 걸지도 않고, 걷거나 뛰지도 않고, 숨도 쉬지 않는다. 물보라가 고통을 흔들어 일으키고, 탁한 고통의 소용돌이가 다시 나를 끌어당길까봐. 날이 밝고 밤이 깊기 전에. 그런 것을 겨우 휴식이라 불렀다.

내게 고통을 가한 사건은 그 사건을 일으킨 원인, 내 마음의 결정과는 무관했던 결과, 심경이자 해석으로서 영원히 종료되지 않는다. 사건 뒤에 사건이 뒤따르고, 해결되지 않은 새로운 사건들이 나열되며, 아무런 관계가 없어 보였던 사건들의 파일을 늘어놓으면, 지나치게 많은 단서가 우연히 발견되어, 그 모든 사건이 비밀스러운 연쇄를 일으키고, 뒤섞인 증거가 사건의 벽을 허물며, 구덩이는 점점 더 넓어지고, 빠져나가려 해도 지상과의 경계가 자꾸 멀어져, 언젠가는 구덩이를 지상이라 믿어야 살 수 있고, 사건은 일어나는 것이 아니고, 내가 사건 안에 있다. 나는 그런 것을 삶이라고 한다. 과거와 현재와 미래의 경계가 쓸모없어지는 것. 의자에 고요히 앉으려던 것뿐인데 이미 고통이 거기에 앉아 있는 것. 아직 일어나지도 않은 사건에 연루되어가는 것.

고통에 아무리 익숙해져도, 고통 앞에서 아무리 무기력해져도, 고통에 마비되지 않는다. 완전한 체념에는 이르지 않는다. 고통은 고통을 예견하는 능력을 주고, 파견한 적 없는 척후병이 불안의 휘장을 들고 돌아온다. 고통은 불안을 마주보고 앉는다. 불안을 물과 빛으로 삼아 무성해진다. 나무의 뿌리가 암반을 쪼개듯이, 고통은 아직 오지 않은 사건으로 번성하고, 잠시도 멈추지 않는다. 휴식이란 겨우, 불안한 나의 뒷모습에 액자를 씌우고 잠시 바라보는 일.

그때 나는 나와 눈을 마주치지 않고, 잠시 액자 속에 갇힌 나에 대해, 나를 둘러싼 세계에 대해, 내가 느끼고 있을 고통에 대해 얼마든지 유창하게 말할 수 있게 된다. 한 편의 작품을 관람하듯이, 그 어떤 끔찍한 묘사도 나를 해칠 수 없다는 확신 속에서. 연속되고 덩어리진 삶의 한순간을 분절시키면, 내 삶은 내 것이 아니고, 나도 내가 아닌 채로 있다. 나는 한점의 그림을 본다.

액자 속에는 시력을 앗아가는 어둠도, 실체를 환히 밝히는 빛도 없고, 액자 속에서는 숨죽여 숨을 수도, 방벽을 세울 수도 없다. 나는 고통과 포개어 앉아서도 흐트러짐 없는 사람의 인내를 생각한다. 고통을 호소하거나 억울함을 토로하거나 분노를 표출하지 않는다. 그 타고난 인내가 고통을 재난으로 키워낸다. 재난의 유산을 나눠 갖지 않으려고, 더 큰 인내를 배우려 한다.

가시밭에 발을 들이면 가시가 발바닥에 박힌다. 견디고 넘어서면 피가 멎고, 상처가 아물고, 더 단단한 발을 갖게 되리라고 말한 세계가 등 뒤에 있다. 가시 박힌 자리가 곪고, 곪은 자리에 다시 가시가 박혀, 썩어가는 발을 견디고 견디다 견딜 수 없어서. 나아갈 것인가. 돌아갈 것인가. 멈춰 서서 왜 아무도 내게 신발을 신는 법을 가르치지 않았는지 물으면, 왜 신발에 대해 묻지 않았는지 되묻는 세계가 등 뒤에 있다. 원망하면, 왜 더 일찍 원망하지 않았는지 힐난하는 세계가 있어서, 아픔이 있기 이전으로 돌아가지 못했다. 멈춰 서 있으면 가시가 더 깊게 파고드는 줄 알면서도, 앞을 향해 걸으면 구멍 난 것이 찢기고 처참해질 텐데. 걷기는커녕 바로 서는 방법조차 잊을까봐. 상처는 썩고 가시는 자란다. 그러다보면 저 세계에서 누군가, 손이나 밧줄을 내밀어도, 가시가 아니라 다리가 뽑혀나갈 것 같고, 내가 아니라 나를 당기는 사람이 가시밭으로 끌려올 것 같고, 가시밭에 넘어진 사람을 밟고서 건너가고 싶어질까 겁이 난다. 이렇게 키가 자라고, 이렇게 발이 길어졌는데, 사계절이 점점 더 빠르게 흘러가고, 손가락 마디가 굵어가는데, 어둡던 밤길이 줄어들고, 허름한 건물들은 무너져가는데, 나는 여전히 고통의 의자에 붙박여 있고, 몸을 기울이지 않고 올바른 자세를 유지하기는 점점 더 어렵기만 하다.

그런 생각에 이르면, 액자 속의 풍경이 흔들린다. 내가 고개를 돌려 이쪽을 향하려는 것 같다. 그런 생각에 이르면, 내 등 뒤에 있는 것이 무엇인지 궁금해진다. 그런 생각에 이르면, 액자 밖에서 액자 속의 나를 바라보던 내가 액자 속에 들어와 있다. 그런 생각에 이르면, 액자 속의 나를 불러 마주보고 싶어진다. 그런 생각에 이르러도, 액자 속의 나를 돌아보면 나 또한 고개를 돌려, 누군가를 돌아보는 나의 뒷모습만을 마주한다. 나는 어떤 표정으로 나를 보고 있을까. 표정을 알 수 없는 사람의 뒷모습이 나를 외면하면, 소리 내 울어서 위로받고 싶다. 위로받는 자신을 혐오할 텐데. 표정을 알 수 없는 사람의 뒷모습이 애처로우면, 어깨를 두드리며 위로하고 싶다. 위로를 건네려면 타인의 고통은 가소로운데.

그중 무엇도 원하지 않아서 자리를 박차고 일어나 달아나면, 나는 나를 뒤쫓는 중이다. 내가 나에게 쫓기는 중이다. 이불 속에 머리를 처박으면 모두가 이불 속에 머리를 처박겠지. 잠에 들면 액자도 없고, 의자도 없고, 증오도 없고, 연민도 없고, 꼬리를 무는 질주도 없고, 시간도 없고, 어둠이나 빛도 없고, 악화되는 상처도 치유되는 상처도 없고, 기억이나 예감도 없고, 그 모든 게 존재하지 않아서 나도 존재하지 않고, 내가 없으면 고통은 성립조차 할 수 없다. 이불 속에 머리를 처박으면 침대를 돌며 소리를 내는 것이 무엇인지 확인할 길이 없지만, 무엇인지 알 수 없는 것이 소리를 내고 있어서 식은땀이 흐르지만, 무엇인지 알 수가 없어서 안전하다. 사람들은 옷장에 무서운 것이 있는 것 같다면서 옷장 문을 연다. 거기에 무서운 것이 없다는 걸 확인하고 싶어서. 옷장을 열면 옷이 걸려 있다. 옷장 안으로 손을 뻗으면 꽉 막힌 벽이 있다. 무서운 것은 없다. 그러나 옷장 문을 닫으면 무서운 것이 있는 것 같다. 쫓아내려고 문을 열어도 문을 열면 쫓아낼 수 없는 무서운 것. 왜 아무도 옷장에 빗장을 걸지 않을까. 왜 옷장을 내다버리지 않을까. 그런 생각에 이르면, 잠이 쏟아진다. 아침이 밝는 줄도 모르고.

5

열두개의 전주곡
12 Preludes

−갈리나 우스트볼스카야 Galina Ustvolskaya

....

　　흑백을 가로질러 달린다. 사방이 검고 요철 하나 없는 미끈한 바닥이 빛을 뿜어낸다. 가슴이 오르내리는데 숨소리가 없다. 힘껏 발을 내딛는데 발소리가 들리지 않는다. 중력이 느껴지지 않는데 더 높이 뛰어오르지 못한다. 균형을 잡는 팔에 감각이 없는데 비틀거리지 않는다. 전력을 다해 질주한다. 검은 것은 벽이 아니고, 장애물도 없고, 모서리도 하나 없다. 앞서가는 사람도 없다. 무심결에 뒤를 돌아보면 사내가 있다.

아무런 소리도 내지 않는 흑백의 사내가 달린다. 나는 검은 모자를 쓰고 잿빛 스웨터를 입은 사내가 나를 제치기 위해 달리고 있지 않다는 사실을 곧장 알아챈다. 그는 나를 뒤쫓는다. 비명을 지르지만, 비명도 없고, 입이 벌어지는 감각도 없고, 그저 두 팔을 세차게 흔들면서 달리기만 한다. 그와 나의 거리는 벌어지지도 좁혀지지도 않는다. 그러다 눈이 마주치면, 시간이 느려지고, 움직임이 둔해지고, 멀리에 있는 사내의 얼굴만이 유난히 가까워 보인다. 마른 얼굴이 가문 땅처럼 갈라져 있다. 갈라진 피부에 검게 고인 것은 붉은 피. 생각하면 붉은 것만 붉게 변하고. 움푹 들어간 커다란 눈은 깜빡이지도 않고 거의 사라져버린 주름진 입술이 같은 리듬으로 붙었다 떨어지기를 반복한다. 목소리가 없어서 나를 부르는 것인지, 나를 위협하는 것인지 알 수가 없다. 목소리가 없어서 당신은 누구냐고 물을 수도 없다. 오직 달아나고 싶다는 생각으로 전방을 향하면, 내 발은 여전히 허공에 떠 있고, 한번도 들어본 적 없는 짐승의 울음소리와 함께 달려오는 발소리가 빠르게 가까워온다. 다시 돌아본다. 돌아보면, 악취를 풍기며 입을 벌리는 사내의 얼굴이 있고, 나는 비명을 지르고, 입을 다문 채로 깨어난다.

닫힌 커튼 틈을 벌리는 빛이 침실의 입구를 겨누고 있다. 집 안의 온도는 치솟아 있고, 몸을 일으키면 현기증이 인다. 발바닥이 바닥에 닿는 감각이 낯설고, 물병을 쥘 때 느끼는 중력이 거대하다. 요의를 느끼고, 반쯤 뜬 눈으로 불 켜지 않은 화장실에서, 안도감을 느끼고, 변기 속으로 빨려 들어가는 물소리, 손을 씻고, 얼굴에 물을 끼었고, 문득 얼굴이 따갑다. 고개를 들면 거울 속은 흑백. 모자 쓴 사내가 젖은 얼굴로 나를 보고 있다. 먼저 얼굴을 감싸 쥔 것이 누구인지 알 수 없다. 눈을 감았다 뜨면, 이마 위로 환한 빛이 쏟아지고 있다.

내게는 그런 것이 필요했다. 이 분열을 중단시킬 수 있는 부정할 수 없는 확실한 표지. 그리고 그것을 떠올렸을 때, 웃음과 울음이 동시에 터져 나왔다. 그저 견디기 위해서였을 뿐이다. 나는 우습게도, 죽음을 떠올렸던 것이다.

6

밤의 가스파르 M.55
Gaspard de la nuit, M.55

-모리스 라벨 Maurice Ravel

....

        나는 자주 나를 둘러싼 모든 사물과 소음이 당장에라도 살아 움직여 내 육체를 포박할 것 같은 느낌에 휩싸였다. 갑자기 시선을 집중시키는 사물은 잠시 눈을 감거나 다른 곳에 관심을 두면 조금씩 미세하게 이동한 것처럼 보였다. 어둠이 두려워도 잠에 들기 위해서는 불을 끄지 않을 수 없었다. 그러나 불을 끄면 사물인지, 사물들 사이를 지나는 다른 무엇인지 알 수 없는 것이 소리를 냈다. 나는 귀를 막았다. 불면이 찾아오는 날에는 눈과 귀가 어둠에 익숙해지는 것을 견딜 수 없었고, 그로 인해 점점 더 심각한 불면에 빠져들었고, 불면의 끝에 겨우 잠에 들어 꾸는 악몽은 더욱 끔찍했다. 악몽의 정서, 악몽의 심상, 악몽의 그림자는 깨어 있는 시간에도 일상을 침범했다. 나는 나의 악몽을 해석하는 데에 헤아릴 수 없는 시간을 쏟았다. 악몽을 꾼다. 악몽을 기억한다. 악몽을 적는다. 악몽을 해석한다. 악몽을 이해한다. 내가 악몽을 이해하면, 악몽은 나를 설명한다. 나는 악몽의 가르침대로 본다. 나는 점점 더 많은 것을 깨닫고, 깨달은 것을 통해 보는 현실은 악몽이 된다.

언제나 빛을 등지고 섰다. 빛을 향해 서면 등 뒤로 뻗어나간 나의 그림자가 하는 일을 볼 수 없었기 때문이다. 나의 그림자를 나의 발밑에 결박하는 대신 어둠의 편을 바라보고 서야만 했다. 그러면 멀리에 있는 사물들은 아지랑이처럼 녹아내린다. 세계가 새벽의 미명 속에 있는 것처럼 흐릿하게 보인다. 옷걸이에 걸린 코트의 소맷부리에서 앙상한 손이 비어져 나온다. 그것은 고통받는 자신에 대한 비만한 자의식의 환영이었다. 나는 차츰 더 많은 것을 설명할 수 있게 되었지만, 그렇다고 악몽을 사라지게 만들지는 못했다. 도리어 악몽은 나의 해명 속에서 생기를 얻고, 현실의 도처에 출몰했다. 달아날 곳이 존재하지 않았다. 뾰족한 첨탑의 끝에 한 발로 서 있는 것만 같았다. 나는 멈추지 않고 흔들렸다. 차라리 추락하고 싶었다. 그러나 실제로는 뜨거운 아스팔트에 두 발을 디딘 채 걷고 있었고, 나의 언어가 나를 아무리 떠밀어도 추락하지 않았다. 나의 언어는 내 신체의 의지를 꺾지 못하고, 나의 욕망을 실현하지 못했다. 아니, 나의 언어가 나의 신체를 움직이고, 나를 욕망하게 한다. 그러고는 나의 주권을 빼앗는다. 나의 언어는 매혹적이고 무능한 독재자가 되었다.

나는 나를 확정하는 나의 언어를 신뢰하지 않고, 나를 소환하는 나의 언어를 두려워한다. 그리고 바로 그 언어가 내가 나를 드러낼 수 있는 유일한 수단이다.

7

피아노를 위한 가곡 편곡 Op.41

Piano Transcriptions of Song, Op.41

에드바르 그리그 Edvard Grieg

나는 당장에라도 목을 맬 수 있다. 그것으로 이 삶의 고통을 끝낼 수 있다. 분열은 중단될 것이고, 세계는 지워질 것이다. 남겨진 자들에 대한 죄책감조차 아득한 무(無)의 포말 속에 융해될 것이다. 죽음의 불가해함은 고통의 그것과는 다르다. 진리의 불가해와도 다르다. 그 어떤 투철한 불가지론자도 죽음의 확실성을 의심할 수는 없기 때문이다. 완전한 끝, 대체 불가능한 절대적 결말이다.

나는 확신한다. 내가 당장에라도 높은 곳에 올라 추락할
수 있다는 것을. 끝나지 않는 추락의 감각이 멈추리라는
것을. 그러나 나는 여전히 살아 있고, 그것은 내 삶에서 무
엇보다 치욕적인 사실이다.

8

두대의 피아노를 위한 모음곡 1번 Op. 5
Suite No.1 for 2 Pianos, Op.5

-세르게이 라흐마니노프 Sergei Rakhmaninov

....

너는 매일 죽음을 생각했다. 매 순간 너의 죽음
을 상상했다. 어둡고 우울한 범죄영화를 보다가, 현관문
을 열고 빈집으로 들어서다가, 단단한 채소를 썰다가, 기
다란 머플러를 옷걸이에 걸다가, 화창한 공원의 잔디밭에
서 풀을 뜯는 토끼를 관찰하다가, 비 내리는 창가에 둔 오
르골 상자에서 흘러나오는 음악을 듣다가, 사랑하는 사람
의 뺨을 쓰다듬다가, 아름다운 화병에 활짝 피지 않은 꽃

을 꽂다가, 날이 밝을 때까지 끄지 않은 스탠드의 스위치를 내리다가, 책을 읽다가, 밥을 먹다가, 옷을 입다가도 죽음을 생각했다. 네가 죽음을 생각하려 하지 않아도 죽음이 너를 찾아왔다. 슬플 때에, 기쁠 때에, 화가 날 때에, 감동을 느낄 때에, 아무런 감정의 동요를 느끼지 못하는 때에도 죽음을 생각했다. 그리고 잠에서 깨어나는 순간에만 겨우 삶을 생각했다. 아직도 살아 있다니. 오직 죽음만을 생각했다. 죽음만을 생각하는 동안 왜 죽음을 생각하기 시작했는지 잊었다. 무엇이 너를 불행하게 했는지 기억하지 못했다. 누구를 원망해야 했는지도 알 수 없었다. 고통에서 벗어나기 위해 했던 기도들을 잊었다. 어떤 순간에는 누가 죽음을 생각하고 있는 것인지도 잊었다. 본 것과 들은 것은 혼동되었다. 실제로 일어난 일과 한번도 일어난 적 없는 일 사이의 경계가 사라졌다. 그러나 네가 모든 것을 잊었다는 사실만큼은 잊히지 않았다. 모든 것을 잊어서 모든 것을 잊은 너를 믿을 수 없었다. 그저 죽음을 생각했다.

이제는 죽음을 생각해도 아무렇지 않았다. 죽음은 너를

단련했다. 죽음은 유일한 탈출구였다. 죽음은 언제라도 네 손을 잡아줄 다정한 친구였다. 죽음을 생각하면 죽음도 버틸 만했다. 너는 죽음이 두렵지 않았다. 죽음이 반갑지도 않았다. 슬프거나 기쁘지 않았다. 식탁 위에 놓여 있어야 할 것이 식탁 위에 놓여 있듯이, 죽음은 그냥 거기에 있었다. 너는 죽음이 제자리에 있다는 생각조차 하지 않았다. 아주 가끔씩만 제자리에 있어야 할 것이 제자리에 있어서 안도했다. 어쩌면 죽음은 아무것도 아니었다. 아무렇지도 않아서, 무시로 생각했다. 죽고 싶다. 죽어버리고 싶다.

네가 세운 수없이 많은 죽음의 계획이 있다. 너는 네가 생각할 수 있는 모든 방편을 강구했다. 그중에서 가장 효율적이며 실패 가능성이 낮은 자살 방법을 찾아내려 했다. 결혼을 준비하듯 일일이 고르고 비교했다. 익숙한 공간과 낯선 공간, 유서의 유무, 남길 말과 남기지 않을 말, 너의 시신을 처음 발견할 사람까지. 온갖 모양과 크기의 블록을 조립하고 해체하며 가장 이상적인 형태의 집을 지어나갔다. 집이 완성되기만 하면, 너는 네가 원하는 때에 언제라도 문을 열고 집으로 들어갈 수 있었다. 자기만의 집이라니 얼마나 안락한가. 너는 언제든 죽을 수 있었다.

죽고 싶다. 죽을 수 있다. 그런데 계속 살아 있다. 죽는 것이 두렵지 않았다. 죽을 수 있어서 안도했다. 그러나 문득 이 모든 생각이 살아서 하는 생각이라는 사실을 떠올린다. 너는 무너진다. 너는 죽고 싶다. 너는 죽을 수 있다. 죽지 않았다. 죽을 수 없었다. 죽음을 생각하는 일은 아무렇지도 않은데, 죽음을 생각하는 자신을 생각하면 어딘가에 못 박혀 있는 듯하다. 너는 깨닫는다. 네가 너를 기만하고 있다.

너는 네게서 너의 신체를 무단으로 점거한 침입자의 얼굴을 본다. 너를 병들게 하는 질병을 본다. 너는 너를 기만한다. 너의 고통을 기만한다. 너의 죽음이 이 모든 분열을 중단시킬 것이라고. 네가 죽어 있을 때 비로소 네가 결정될 것이라고. 죽음은 확실한가. 그러나 확실한 것은 죽음이 아니고, 네가 죽음을 모른다는 것. 네가 살아 있을 때에 죽음은 확실한 것이 아니고, 확실한 것의 가능성에 지나지 않는 것. 죽음이 시시해지면 삶도 시시해질 것이어서, 죽음 앞에서 비장해지지 않을 수 있다면 고통도 하찮아지리라고. 그러나 불행을 속여도 죽음은 속일 수 없다. 죽음을 알 수 없어서. 아무런 의미를 발견할 수 없는 깨달음. 다른 숫자를 넣어도 매번 같은 결과값을 도출하는 연산. 한없이 솟구치는 나선의 계단. 절규의 동어반복. 너의 무지는 포화에 이르러 있다.

삶을 끝내는 것도, 죽음에 대한 생각을 멈추는 것도, 분열의 고통을 중단할 수도 없다. 미치지 않아서 미칠 것 같은 기분도 사라지지 않는다. 너는 그제야 고개를 들어 너를 둘러싼 평화를 본다. 너의 발목을 끌어당기던 늪도, 너의 눈을 쪼려는 새도, 너를 가두었던 미로도 없다. 이제 너는 구원에 대해 말하지 못한다. 네가 너를 구하는 동안에, 너는 네게 갇혔다. 너를 위협하는 것은 너 자신뿐이어서, 누구도 너를 꺼내주지 않는다. 네 밖으로 걸어 나오는 유일한 길은 네가 너를 죽이는 것. 죽고 싶다. 너는 생각했다. 죽고 싶지 않다. 생각을 철회한다. 죽여야 한다. 너는 죽음을 속일 수 없고, 죽음은 너를 위해 봉사하지 않고, 네가 원하는 것을 이루어주지 않는다. 고통은 욕망하지 않는다. 장악할 뿐이다. 죽음은 욕망한다. 죽음을 속이려는 너를 속인다. 죽음은 거래한다. 네가 너의 죽음을 생각한 순간, 너는 이미 계약서에 너의 이름을 적어 넣은 것이다. 네가 죽지 않아도, 죽음은 너의 삶에 들어와 있다. 네가 죽지 않으면, 죽음은 추방되지 않는다. 죽음은 해일처럼 다가가면 빨아들이고 달아나면 덮쳐온다. 너를 삼키는 순간까지 네가 곁눈질로 볼 수 있는 거리에서 너를 지켜본다. 네가 다가가거나 달아나기를 멈추면 가장 작은 시간의 단위조차 단숨에 지우며 너를 데려갈 것이다.

멈출 수 없어서 멈춰 서고 싶었다. 하나 멈춰 서서는 안 된다. 좌절도 환멸도 허락되지 않는다. 지금부터 너의 분열이 너의 존재를 증명한다. 너는 존재하기 위해 분열한다. 너의 의지로 고통을 향해 간다. 계약의 효력을 유예하려고, 아직 죽음이 도착하지 않았다는 사실을 확인하려고, 고통 속에서 망각한 것을 회복하려고. 죽음을 향해 걸어가지 않으려고, 불을 켜서 죽음을 본다. 모든 의미를 빨아들이는 죽음에 분열하는 너의 목소리를 제물로 바친다. 계속해서 무의미해지려는 것에 의미를 부여한다. 곧바로

부정될 것을 선언하고, 사물과 같은 문장을 완성하고, 그것이 무참히 으깨져 사라지는 것을 본다. 죽음을 묶어두려고, 고통을 풀어놓는다.

그러나 네가 너를 기만해서, 여전히 너는 너를 믿을 수 없고, 믿을 수 없는 너에 대한 믿음을 구하지 않고, 그리하여 믿기지 않는 말들로 너를 구성한다. 실패할 것을 알면서 말한다. 함정에 빠질까봐 불확실한 언어로 말한다. 누구도 네 목소리라 믿지 않을 목소리로. 너를 지키려고 너를 지우면서. 가장 말하고 싶은 것이 있다. 말해지지 않는 것. 가장 말하고 싶은 것이 있다. 말할 수 없는 것. 거울 앞에서 이름을 부르면 나타나는 살인마에 대하여, 이름을 부르지 않고 말하려는 것처럼, 너는 그렇게 말하고, 네가 말하는 것을, 나는 쓴다.

새벽의 노래 Op.133
Gesänge der frühe, Op.133

로베르트 슈만 Robert Schumann

....

고통은 또한 죽음의 전조, 살아 있는 자에게 드
리운 죽음의 그림자와는 다르다.

고통으로 대가를 치름으로써, 우리는 죽음과 가까스로
거리를 둘 수 있다.*

* 미셸 슈나이더 『슈만, 내면의 풍경』, 김남주 옮김, 그책 2014, 76면.

10

피아노 소나타 2번 올림사단조 Op.19 "환상소나타"
Piano Sonata No.2 in G-Sharp Minor, Op.19 "Sonata Fantasy"

–알렉산드르 스크랴빈 Aleksandr Skryabin

　　희미한 빛 속에서 눈을 뜨면 가장 먼저 떠오르는 문장. 아직도 내가 살아 있다. 낮의 광영이 사라지고 찾아온 부드러운 어둠과 으스러진 달빛의 집념 아래서, 침대는 나의 등을 끌어안고 좀처럼 놓아주지 않는다. 뚜렷한 현실로 돌아와도 희미해지지 않는 환영. 언어로 된 시신경이 감각을 흐릿하게 만들어 다시 나를 잠으로 데려가려 한다. 거기로 돌아가라고. 거기에서 일어나는 일은 아

무리 잔혹해도, 아무리 슬퍼도, 아무리 고통스러워도 나의 삶을 바꾸지 못하고, 그저 거기에 있는 동안에는 주름이 깊어질 뿐이다. 죽음을 생각하지 않고서 죽음을 기다릴 수 있다. 그러나 그곳에선 모든 의지를 빼앗기고도 빼앗긴 줄 모르고, 너무 오래 머물다보면 깨어난 뒤에도 무엇을 깨달아야 하는지 알 수 없어진다. 내가 거기에서 빠져나올 때 그곳의 물이나 공기가 덜 맞물린 틈으로 살짝 새어나오기라도 한 것처럼, 내가 생각하지 않은 말들이 의식 속을 부유한다. 침묵이 없다. 의식의 소란이 환영의 흔적을 지우고, 나는 겨우 이불을 걷고 추위 속으로 나선다. 차가운 마루가 발을 식히고, 발을 뗀 자리는 얼어붙는다. 아주 작아서 숨마저 참지 않으면 들을 수 없는 새벽의 소리들을 베일처럼 쓰고 걷는 동안에도 의식에는, 침묵이 없다. 밤이 깊어가면 차가워진 전구에 불을 밝히고, 먼지 쌓인 테이블 위에 놓였던 사물들의 기억을 지나, 창가의 블라인드를 걷어 밖의 어둠을 들이고, 차를 끓인다. 자욱한 연기가 숨을 틀어막을 때까지.

그러나 끓어오르는 동안에는 아무도 죽지 않는다. 창가

에 서서 그런 문장을 생각한다. 창밖의 흰 눈은 서로 엉겨 붙어 거대한 얼음덩어리로 일어선다. 얼음의 돌무더기로 뒤덮인 좁은 길로 한 여자가 걸어간다. 걸어간다. 걸어간다. 걸어간다는 단어의 이미지가 유령의 손길처럼 이마를 짚는다. 여자는 걸어간다. 수목이 모두 눈에 파묻힌 길고 텅 빈 길이 산의 정상으로 이어져 있는지 수도자의 염원 속에 존재하는 신성한 사원으로 향하는지는 알 수 없다. 그녀의 목적은 오를 수 있는 가장 높은 곳이 아니라, 존재 하지만 아직 명명되지 않은 곳. 차라리 아직 존재하지 않 아서 그것이 존재하게 될 때까지 걷기를 멈출 수 없는 곳. 아무도 밟지 않은 길을 그녀는 걸어간다. 이미 밟고 지나 갔다 한들 이내 누구도 밟지 않은 땅이 되어버리는 길을. 어쩌면 그녀도 이미 걸은 적이 있는 길을. 해진 외투 자락 이 뻣뻣하게 굳고, 모자 속에서는 헝클어진 머리카락이 땀에 젖었다가 얼어붙는다. 그녀의 얼굴은 웃지 않고, 소 중히 간직해온 최후의 아름다움도 메말랐다. 울거나 인상 을 쓰지도 않고, 추위에 검게 타들어간 얼굴에 빛이 남아 있다. 휘청거리고 미끄러지지만, 멈춰 서거나 쓰러지지 않는다. 당신은 고통받고 있는가. 누군가 묻는다면, 그녀는 눈밭을 쓸고 지나가는 옷자락의 자취로만 대답할 것이다. 그러나 그녀가 한발만 더 내디디면, 아무도 밟고 지난 적 없는 길은 새롭고, 누구도 그녀가 지고 가는 것의 무게를 가늠할 수 없다. 추위는 땅을 얼려 그녀의 걸음을 저지하려 하고, 눈의 결정들이 그녀의 발밑에서 비명을 지른다. 그러나 창밖에는 아무도 없고, 밤이 되어도 식지 않는 열대야의 맹위. 오직 나만이 나만의 끝나지 않는 겨울에 있고, 땀을 쏟으며 두꺼운 담요를 뒤집어쓴다. 차는 끓어 넘친다. 나는 마실 수 없을 만큼 뜨거운 것을 손에 쥐고서야 안도한다.

믿는 것을 보는 자는 보이는 것을 의심한다. 그녀는 존재하지 않고, 나는 존재하지 않는 존재를 본다. 창문이 없다. 창문이 없어도 창밖의 여자는 계속 걷는다. 눈을 감아도 그녀가 보인다. 그녀를 믿고 있는가. 그녀를 의심하는가. 다시 눈뜰 때, 그녀는 존재하지 않고, 존재하지 않는 형식으로 존재한다. 나는 쓴다. 이 차가 식어버리기 전에. 다시 눈을 감았다 뜨면 여자가 손에 쥔 램프는 바람이 불

때마다 위태롭게 일렁이고, 흔들리는 빛을 쥔 손에서 빛깔이 사라진다. 쓴다. 차는 아직도 뜨겁고, 차가 식기 전에.

　나는 그녀가 생각하는 것을 생각한다. 그녀는 나의 염원을 염원한다. 나는 그녀를 받아쓰고, 그녀는 적힌 만큼 생생해진다. 나는 그녀의 어깨에 나의 고통을 짐 지운다. 그녀는 내게 믿을 수 없는 것을 향한 믿음을 약속한다. 내게 불확실한 것들이 그녀의 어깨 위에서 확실하다. 나는 지독한 나의 두통을 믿지 않고, 그녀가 느끼는 추위를 느낀다. 나는 겨울을 서술한다. 씌어진 것은 영원한 혹한 속에 얼어버린 식물처럼 박제된다. 쓴다. 돌이킬 수 없게 하려고. 내 존재에 대한 의혹은 그녀의 존재에 대한 믿음과 교환된다. 존재하지 않는 것을 쓰면 존재하지 않는 것은 존재한다. 그것이 착란을 견디게 한다. 나의 믿을 수 없는 슬픔은 그녀에게로 가서 온전해진다. 허구 속으로 걸어 들어가는 허구의 진실. 나는 존재하지 않는 장소에서 존재하지 않는 그녀를 옮겨 적어 그녀를 구하고, 그녀가 내 존재 속에 갇힌 혼란을 구한다. 그녀가 몸을 얻을 때, 나는 그녀가 걷는 겨울의 풍경 바깥으로 서서히 지워진다.

그러나 언어로 존재하게 된 것에게 언어는 영혼을 가두는 육체. 쓴다는 것은, 그것을 거기에 두기 위해 그것의 영혼을 빼앗는 일. 그것을 살해하는 일. 그녀는 죽어간다. 지난번에 죽었던 것과 같이. 나는 반복한다. 그녀를, 그를, 그들을 죽음으로 밀어 넣는다. 죽음을 강요하지 않고, 다만 쓸 뿐이다. 그들이 걸어 들어간다. 순교자들처럼. 나는 쓴다. 지켜본다. 끝없이 죽음을 상상하며, 나의 죽음을 연기한다. 나는 죽음이 다가오는 것을 멈추려는 것이 아니고, 죽음을 속이려는 것도 아니고. 나에 관한 생각은 접어두어야 한다. 그녀가 여전히 걷고 있다. 눈 덮인 길 끝에서 계단을 오른다. 계단의 끝이 그녀를 기다린다. 차가 식기 전에.

그녀의 마지막 발자국까지 모두 지워지고 나면, 대낮의 빛도 침범하지 못하는 잠 속에서 안전할 것이다. 밤이 오면, 다시 경계가 지워지고, 볼 수 없던 것들이 보이고, 그들이 돌아와 있다. 내가 그들과 함께 떠나보낸 것을 짊어지고 기다린다. 돌아오지 말아야 할 자가 돌아오지 못하도록 손과 발을 자르거나 사지를 찢어 드넓은 교차로에 시신을 묻고 모두가 그것을 밟고 지나게 해도, 돌아온다. 돌아와서 내게 다시 칼을 쥐라고 말한다. 내가 존재케 한 것들이 내게 복수한다. 내가 신을 믿는다면 내가 신에게 그렇게 할 것이듯이.

오늘은 그녀가 죽어간다. 계단의 끝이 다가온다. 나는 이렇게 쓸 수도 있다. 그녀가 죽었는지 아닌지를 끝내 알 수 없도록 만들 것이다. 그녀는 뛰어내리지만 바닥에 닿지는 않는다. 칼로 자신을 찌르지만 피가 흐르지 않는다. 목을 매지만 늘어진 몸은 없다. 죽어가기만 할 뿐 죽음에 이르지 못한다. 나는 나의 잔혹함에 몸을 떤다. 그러나 오직 그들을 죽음에 매어두어 내가 살아 있다고 한다면. 멈출 수 없다. 그들의 복수가 나를 서서히 병들게 하고 있어도. 죽음에서 달아나며 죽음을 향해 달려가고 있다고 해도. 내가 그 계단 끝에 서는 날이 어쩌면 내일, 어쩌면 오늘일지라도. 그러면 문득 나 또한 누군가의 의식 속에 든 환영일지 모른다는 생각이 덮쳐온다. 누군가의 언어가 만들어낸 희생의 제물이거나. 쓸 수 있을까. 망설임 속에서.

가파른 계단에서 여자의 옷자락이 자꾸만 발목에 휘감

긴다. 그녀를 넘어뜨리려는 듯이, 그녀의 의지를 꺾으려는 듯이. 그러나 그녀는 완고하다. 그녀의 생기 잃은 표정을 보라. 그녀는 이미 죽음을 예감하고 거부하지 않는다. 그녀는 자신의 의지로 자신의 의지를 꺾을 수 없다는 것을 안다. 그녀가 외투를 여민다. 발을 내려다본다. 발끝이 차츰 희미해져간다. 걸음이 둔해지고, 미끄러운 계단이 몸의 중심을 흔들어놓는다. 나의 망설임이 그녀가 걷는 땅을 흔든다. 하나 아직 계단의 끝에 이르지 못했고, 나는 마지막 문장을 쓰지 못했다. 써야 한다. 쓸 수 있을까. 그러나 차가 식었다. 나는 차갑게 식은 찻잔을 비운다. 주전자의 찻물은 아직 온기를 품고 있다. 그것이 식기 전에 마지막 문장을 쓰려고. 찻잔이 가득 찬다. 창밖의 빛이 아른거린다.

나는 본다. 여자를. 여자는 본다. 나를. 창밖에서 그녀가 나를 보고 있다. 내가 존재하지 않는 그녀를 볼 때, 존재하지 않는 그녀가 존재하는 나를 본다. 그녀는 두 눈을 홉뜨고 내게 성난 얼굴로 말한다. 파리한 입술을 읽을 수 없다. 나는 책상 앞으로 달려가 다급히 쓴다. 문장이 완결되지 않는다. 꼬리에 꼬리를 물고 이어질 뿐 마지막에 도달하지 않는다. 찻잔 속의 차가 식어간다. 그녀는 다시 계단을 오른다. 쓴다. 그녀는 계단을 오르지 않고 나를 본다. 그녀가 든 등불이 꺼진다. 쓴다. 눈을 감았다 뜨면, 그녀가 든 등불이 창밖을 밝히고 있다. 눈을 감았다 떠도, 여전히 그녀가 거기에 있다.

어쩌면 오늘, 아니면 내일. 내가 두려워하는 것은 죽음이 아니라 죽음을 욕망하는 일. 내 욕망이 머뭇거림 속에서 실패에 이르는 일. 내가 욕망하는 것은 단 한번의 선택으로만 완성될 것이다. 그리고 지금 나는, 쓸 수 없다. 오늘은 아니어야 하는데. 어제도 그랬듯이. 아직은, 나는 아직. 무슨 말로 항변할 수 있을 것인가. 나는 달아난다. 문을 열고 바깥으로 뛰쳐나간다. 창밖의 여자가 여전히 내 뒷모습을 바라보고 있다. 그것은 아직 내가 쓰지 않은 문장. 존재하지 않는 것을 믿는 자는 보이지 않는 것을 본다. 그녀의 미소가 보인다. 곧 마지막 문장을 완성하려는 사람처럼. 눈보라가 휘몰아친다. 아직은 여름, 그러나 추위가 맹렬하다. 나는 계단을 오른다. 복도 천장의 불이 켜졌다 꺼진다. 나는 계단을 오른다. 천장의 불이 꺼졌다 켜진다. 누군가 나를 앞서 계단을 오르기라도 한 것처럼. 나는 계단을 오른다. 어둡다. 아찔한 절망을 느끼며 계단을 오른다. 천장의 불은 켜지지 않고, 존재하지 않는 계단을 오르는 일은 가능하다. 도저히 마지막 문장이 떠오르지 않는다. 계단의 끝에 도착하기 전에 떠올려야 할 것이다. 그러나 떠오르지 않고. 차가 식었다. 식었을 것이다.

11

싸구려 모방
Cheap Imitation

- 존 케이지 John Cage

파란 바탕 위에 검은 점과 붉은 선만을 그려 넣은 그림은 거대했다.* 전시실에 들어서는 순간, 나는 그것의 압도적인 푸른 기운이 나의 왼쪽 어깨를 강하게 끌어당기는 것을 느꼈다. 나는 그대로 멈춰 섰다. 기이한 경험이었다. 왼쪽을 돌아볼 수 없었다. 정면에 걸린 다른 유명 화가의 대형 작품은 아무런 감흥을 일으키지 못했다. 나는 오른쪽으로 몸을 돌려 전시실을 빠져나왔다. 그리고 똑같은 행동을 몇번이고 반복했다. 그 방에 들어서는 순간 거기에 걸린 다른 작품들은 순식간에 시야에서 제거되었다. 청색의 캔버스는 내게 달아나라고 외치는 동시에 자신의 발밑에 엎드리라고 회유하는 듯했다.

나는 도저히 눈에 들어오지 않는 위대한 화가들의 그림 앞을 서성이다 한참 만에야 그 그림이 걸린 전시실로 돌아갔다. 폐 속의 산소가 줄어드는 것 같았다. 숨을 참으며 끝내 그림을 향해 고개를 돌렸고, 그 자리에 그대로 주저앉고 말았다. 벅찬 감정을 느꼈고, 전시장 한가운데에서 다른 관람객의 시선을 완전히 잊은 채 한참을 울었다. 그리고 오랫동안 그것이 압도적인 작품 앞에서 느낀 희열 때문이라 믿었다.

지금은 겨우 한폭의 그림 앞에서 그토록 쉽게 희박해지는 인간의 존재를 생각한다. 이제 내게 깊고 강렬한 감정은 모든 긍정과 부정의 개념을 무화한다. 쾌락은 고통의 반대편에 있지 않다. 그것은 절대적으로 동등하게 위험한 것이다. 나는 그것을 내가 가진 언어로 설명하지 않으면 견딜 수 없다. 내 언어로, 나를 짓누르는 그것의 압도적인

영혼을 축출해야만 한다. 그것의 명료함을 해체해야 한
다. 사람들이 아름답다고 말하는 그것, 그것이 언제나 나
를 죽음으로 이끌기 때문이다.

* Joan Miró, *Bleu II*, 1961, 캔버스에 오일, 270×355cm

12

열두개의 연습곡 Op.10

12 Études, Op.10

– 프레데리크 쇼팽 Frédéric Chopin

....

　　　존재하는 것을 말하고 나면 말해진 것이 존재
하지 않아서 오직 비유로만 말했다.

　비유로밖에는 말할 수 없어서 끝내 아무것도 말하지 못
했다.

　존재하는 모든 것이 비유에 불과했다.

13

환상곡 라단조 K.397
Fantasy In D Minor, K.397

- 볼프강 아마데우스 모차르트 Wolfgang Amadeus Mozart

....

물의 장력이 물 잔 가장자리의 물방울을 빨아 들이듯이 어둠은 작은 어둠의 조각들을 끌어들여 점점 더 깊어진다. 그녀는 어둠으로 멀어버린 눈을 깜빡이고, 손을 뻗어 허공을 만지며 걷는다. 침대와 책상 사이의 장애물들을 발끝으로 밀어내며 길을 만든다. 간혹 그녀의 시야 가장자리로 낯선 형상이 지나가지만, 고개를 돌리면 아무것도 없다. 어둠 속에는 투명한 어둠만이 있다. 투명한 물

속에 오직 투명한 물만이 존재하듯이. 그녀는 어둠 속을 물처럼 흐르다 고인다. 때때로 그녀는 자신이 어둠의 일원이기를 기도한다. 어둠의 장력에 아무런 저항 없이 빨려들어 어둠에 속할 수 있기를. 그녀의 빛나는 눈이 어둠과 대결한다.

스탠드 불빛은 어둠을 물리친다. 그렇지만 어둠은 언제라도 불빛을 쓰러뜨리며 다가올 기세로 방 안 구석구석에서 몸을 움츠린 채 기다린다. 시계는 새벽 3시 48분을 가리킨다. 초침은 미끄러지듯 돌아가며 침묵한다. 그녀는 노트를 연다. 쓰다 만 페이지를 열고 펜을 쥐면 숨소리가 적막의 장막을 타고 흘러내린다. 귀를 기울여 소리를 들으려 하면, 자석이 금속을 끌어당겨 몸집을 불리는 것처럼 적막은 모든 미미한 소리들을 빨아들여 거대해진다. 그녀는 자신이 숨을 멈춘 줄도 모른 채, 그녀를 둘러친 극장의 붉은 장막 같은 적막 안에 앉아 있다. 바깥의 웃음소리가 무거운 장막을 펄럭인다. 그녀는 재빨리 불을 밝히듯 음악을 켠다. 단번에 장막이 걷히고, 웃음이 사라진다. 아무도 웃지 않는다. 아무도 없다.

습한 마룻바닥을 걸어 집 안을 빛으로 가득 채운다. 남아 있는 어둠을 몰아내고, 아무리 주의를 기울여도 잠복하는 어둠을 짐짓 모른 체하며, 음악의 호흡을 따라 무릎을 굽혔다 펴고, 차를 끓인다. 주전자의 주둥이에서 증기가 올라올 때에 몸이 더워지고, 한발만 물러서도 젖었던 것이 마르며 오한이 인다. 그러나 끓어오르는 동안에는 아무도 죽지 않는다. 지난밤, 그녀는 썼다. 지난밤에도, 물을 끓이고 차를 우렸다. 거의 완벽에 가까운 피아노 연주 속에서, 썼다. 완벽한 것은 없다. 거의, 그렇다고 믿는다. 뜨거운 차와 피아노 솔로. 거기에서는 하나의 육체 안에 찢어진 복수의 영혼이 조화롭게 살고 있고, 조화로워서 그녀에게 아무런 말도 걸지 않고, 그녀는 그것이 거기에 존재하는 의미를 이해하려 노력하지 않아도 좋다. 끓는 물이 찻잎을 부풀린다. 그녀는 찻잔을 들고 책상 앞으로 간다. 잔 밖으로 튄 물방울이 지난밤의 페이지 위로 떨어진다. 차가 식었다. 식었을 것이다. 식어버린 잉크가 뜨거운 찻물에 번진다.

그녀는 자신에 대해 쓰고 싶었다. 단 한번만 그 누구도 아닌 자신에 대해 정확히 쓸 수 있다면, 다시는 쓰지 않으리라고 생각했다. 지난한 불행과 고통, 슬픔과 절망, 그로 인한 방황 속에서 찢겨나간 존재에 대해 쓰려 했다. 죽음에 대한 불안과 갈망에 대해 쓰려 했다. 그녀에게 쓴다는 것은 고통의 인정투쟁이고, 그녀는 정신을 닳아 없애는 고통을 증언할 수 있기를 바랐다. 그것으로 자신의 존재를 증명하기를 원했다. 증명함으로써 해방되고자 했다. 그 누구의 연민도 구하지 않고, 모두 자신의 고통 아래 엎드리라고 엄숙히 말하려 했다. 연민을 구하는 것이어도 좋았다. 구원을 기도하는 것이라도 좋았다. 그저 자신의 절망을 우스꽝스럽게 전시하는 것이어도 상관없었다. 그녀는 그저 자신에 대해 말하고 싶었다. 이번에는 반드시 말하리라고 다짐했다. 단 한번은 가능하리라고 믿었다. 그러나 매번 실패한다. 고통의 핵심에 다가가려 하면, 심해를 향해 내던져진 닻처럼 무한정 깊은 곳으로 가라앉는 고통의 무게를 그녀는 감당하지 못했다. 그녀는 어떤 이야기라도 쓸 수 있었지만, 자신에 관해서만큼은 쓸 수 없었다.

그녀가 그녀에 대하여 생각하지 않고, 그녀로서 말하

려 해도, 그녀와 그녀가 쓴 그녀 사이의 거리는 좀처럼 좁혀지지 않고, 종이 한장 두께만큼의 거리가 심연 같아서. 그녀는 아무도 모르는 곳에서 쓰고, 아무도 읽지 않은 것을, 아무도 모르는 밤에 찢었다. 그녀는 그녀의 자리에 존재하지 않는 사람의 이름을 쓰고 그 사람을 나라 부르기도 하고, 그녀나 그라고 부르기도 했다. 그러면 그 사람은 존재하지도 않았던 존재를 주장하며 악몽 속으로 들어와, 꿈속의 인구는 하염없이 증가하고, 그녀는 그녀의 꿈속에 사는 사람들의 이름이 누구의 것인지 묻는다. 그녀는 같은 이야기를 반복하고 있을 뿐인데, 원치 않는 구혼자들을 무찌르려 짜던 것을 풀고 다시 짜기를 거듭하던 여인처럼 쓴 것을 찢고 실타래를 감아올릴 뿐인데, 거기에서 자꾸만 다른 것이 태어난다. 그녀가 쥔 실타래는 단정히 감기지 않고, 운명은 그녀를 엉킨 그물에 걸어놓고 구경한다. 무심한 표정으로 지켜본다. 경멸도 비웃음도 없이.

　고독이 깊어진 결과인 줄도 모르고, 고독해지면 온전히 자기 자신이 되는 것인 줄 알고, 아무도 들여다보지 못하게 하려고, 아무런 표정이 없어서 어떤 표정도 그려 넣을 수 있는 얼굴을 썼다. 그러나 반복됐다. 그녀가 줄곧 쓰고 찢기를 반복했던 바로 그 이야기. 그녀가 유일한 자기 자신이 되려 할 때마다 그녀를 내려다보며 그녀의 결정을 무화하고, 그녀가 비로소 자신의 절망을 완성하려 할 때마다 의혹에 찬 질문을 퍼붓는, 그녀 자신이자 영원한 타자인 그녀의 목소리가 속삭였다. 그녀는 다시 쓰고, 다시 실패하고, 실패한 페이지를 찢고, 다시 썼다. 찢긴 것들의 무덤 아래서, 살아 있다는 건 무엇을 의미하는 것일까. 언젠가 표지만 남고 텅 비어버릴 노트를 생각하면 참담해진다. 그런데도 멈출 수 없어서, 쓴다. 매일 차가 식는 동안에. 견디고 있다는 것은 견딜 수 있다는 뜻일까. 멈출 수 없어서 멈추지 않듯이.

정신을 구속하는 하나뿐인 신체와 끝없이 분열하는 목소리로 쓴다. 붙일 수 있는 이름의 수를 초과해 존재하는 목소리들에 대해 쓴다. 찢는다. 견딜 수 없다고 생각하는 자신을 견디는 일에 대해 쓴다. 찢는다. 후회하고 찢는다. 뺨을 내리치고 찢는다. 울고 쓰러지며 찢는다. 오를 곳도 내려갈 곳도 없는 계단의 한중간에서 찢는다. 뜨거운 차가 식어가는 동안에, 끓어오르는 동안에도 아무도 죽지 않으리라, 쓰고 찢는다. 찢어진다.

희생, 착란, 죽음, 불구덩이, 차, 사원, 베일, 얼음, 계단, 의지, 땀, 눈, 감옥, 유령, 돌무더기…… 찢어진 틈에서 단어들이 쏟아진다. 그것을 유심히 들여다보면, 단어들은 낯설어 보인다. 이것은 누구의 단어인가. 누구의 문장인가. 누구의 이야기인가. 그녀는 그저 한번만 그 안에서 온전히 자신이 되고 싶었을 뿐인데. 완성된 문장의 힘에 붙들려, 문장이 단언하는 바를 믿고 싶을 뿐인데. 의사의 진단이 그의 증상을 병으로 명명하고, 명료한 병명이 그를 병의 이름으로 속박하며, 드디어 그를 병으로부터 구해내듯이. 그러나 그녀는 자신을 써도 자신이 되지 않고, 자신이 쓴 것을 자신이 소유할 수 없다. 존재에 미치지 못하거나 존재를 초과해버리는 단어를 읊조리면, 피아노의 선율을 따라가는 음성에는 아무런 의미도 실리지 않아, 차라리 그녀는 언어를 잃고 싶다. 아무리 말해도 말해질 수 없다면, 말해질 수 없는 것을 말하는 일을 멈출 수 없다면, 아무것도 말할 수 없게 되고 싶다.

그러나 낯선 것이 매일 새로워지고, 입을 다물어도 튀어나오려 하고, 기록하지 않아도 지워지지 않아서, 그녀는 다시 새로운 백지를 펼친다. 남은 것을 소진하고 껍데기만 남게 되어도 좋으리라 생각하며, 식어가는 차를 곁에 두고, 쓴다.

　고작 서른다섯해의 삶을 살았을 뿐인데. 받아적는 손은 세월의 속도를 따라잡을 수 없어서, 너무 오래 살아버린 것 같다고 생각하는 그녀에 대하여, 쓴다. 나는, 쓰고 있는 그녀에 대해 쓰는 그녀에 대해 쓴다. 누군가 쓰고 있는 그녀를 쓰고 있는 그녀를 쓰는 나를 쓰고 있을지 모른다. 아직도 이런 생각에서 벗어날 수 없다. 찢을까. 내일이 오기 전에. 찢을까. 다시 찢기기 전에.

14

세개의 피아노 소품 Op.11
Drei Klavierstücke, Op.11

−아널드 쇤베르크 Arnold Schönberg

....

저 멀리 지평선 위로 하얗고 커다란 소용돌이
가 주홍과 분홍을 일으키며 돌진해오고 있었다. 저것이
여기를 향해 올 수도 있겠다. 잠시 그렇게 생각했다. 나는
소용돌이를 사진으로 찍어 프린트하고, 그 종이를 두번
접어 오른쪽 주머니에 넣었다. 잠시 방을 서성였을 뿐인
데, 집이 흔들리고, 천장에서는 분진이 떨어지고, 바닥이
기울었다. 크고 하얀 소용돌이가 진로를 가로막은 건물

외벽을 들이받고, 굉음이 들렸다. 내가 베란다를 향해 뛰어갔을 때, 소용돌이는 이미 경로를 틀어 석양이 지는 쪽을 향해 가는 중이었다. 간헐적인 진동과 함께 바닥이 미세하게 기울고, 몸 안의 중심축이 변하는 것을 느꼈다. 곧 현관문을 열고 집으로 들어선 그의 얼굴은 상기되어 있었다. 그러나 조금도 다급하지 않은 말투로 말했다. 해가 지기 전에 여길 떠날 거야. 올라오는데 자꾸 계단이 무너져서. 그러면서 그는 식탁을 닦고 식사를 준비했다. 나는 방 안으로 들어가 낡은 일기장을 배낭에 넣었다. 배낭에 넣을 수 있는 것보다 넣을 수 없는 일기가 더 많다는 걸 인정하기까지 약간의 시간이 필요했다. 그는 내게 식사를 권하지 않았고, 식사를 하고, 식탁을 정리하고, 내게로 와서, 아무것도 가져갈 수 없어, 말했다. 이제 떠날 시간이야.

창밖의 주홍과 분홍이 사라지고 하늘은 붉게 타오르고 있었다. 건너편 건물 베란다에 난간 밖으로 팔다리를 꺼내놓고 미동 없이 앉아 있는 사람이 있었다. 검은 균열이 그의 오른편 벽을 타고 내려오는 중이었고, 나는 사람이 있는 층을 세고, 주머니에 있는 종이를 꺼내 층수를 적고, 다시 종이를 두번 접어 오른쪽 주머니에 넣었다. 배낭을 메자, 그가 말했다. 아무것도 가져갈 수 없어. 나는 그의 손을 잡고 기울어진 계단을, 기울어진 걸음으로 내려가고, 뒤늦게 집에 돌아온 사람들은 반으로 갈라지는 중인 건물 안으로 뛰어들었다. 우리가 건물에서 멀어져 뒤를 돌아보았을 때, 창밖으로 내던져진 물건들이 화단 위로 떨어지고 있었다. 저렇게 할 수 있을 거야. 내가 말하자 그가 건너편 건물 베란다의 검은 점을 가리켰다. 모든 걸 가지고 갈 수는 없어. 그는 말하고. 내가 주머니에서 두번 접힌 종이를 꺼내자, 그는 거기에 없다.

나는 건물을 향해 걷기 시작한다. 건물은 점점 더 빠르게 기울고, 나는 똑바로 서지 못하고, 차갑고 더러운 벽에 기대 계단을 오른다. 계단은 줄어들지 않는데 건물의 높이는 낮아진다. 열린 채 구겨진 문으로 들어가 넘어지고 깨진 것들을 헤치고 걷는다. 방으로 들어서자 쏟아진 책들 사이에 배낭이 놓여 있다. 건너편 베란다에는 검은 사람이 여전히 앉아 있다. 바닥까지 내려온 균열이 점점 더 벌어지는 것을 잠시 지켜본다. 너는 기다리고 있구나. 그런 생각에 안도할 때, 끝내 건물이 빠르게 주저앉는다. 검은 것이 자욱한 먼지 속으로 빨려 들어간다.

나는 잠에서 깨어났다. 반쯤 열린 커튼 사이로 붉은 빛이 들고, 커튼을 열 수도, 닫을 수도 없다. 아직도 꿈속일까봐. 방은 꿈속에서 본 것과는 조금 다르고, 내가 오래전에 일기 쓰는 일을 그만두었다는 것을 떠올린다. 그제야 주홍과 분홍을 일으키던 소용돌이가 가로지르는 하늘의 아름다움을 생각한다. 나는 꿈속에서 입고 있던 재킷을 꺼내 주머니에 손을 넣는다. 어디에도, 두번 접은 종이는 들어 있지 않다. 창밖에서 무엇이 무너지고 있는지 알지 못한다.

15

사계 Op.37a
The Seasons, Op.37a

−표트르 일리치 차이콥스키 Pyotr Il'ich Chaikovskii

....

    당신은 말했다.

차이콥스키가 흘러나오면 너는 벌써 세상의 이치를 모두 깨달은 것 같았어. 계절이 변할 때마다 단번에 웃고, 울고, 찡그리고, 숙연해졌지. 나는 네가 울 때마다 배가 고픈 건지 잠이 부족한 건지 몰라 혼란스럽기만 했는데, 너는 아직 살아보지도 않은 계절에 이미 다녀온 것처럼 전부 알고 있었던 거야. 정말로 기적 같았지.

한 계절이 다음 계절로 넘어가는 일.

그리고 기적은, 내가 배우지 않았다면 좋았을 단어.

16

다섯개의 피아노 소품 S.192
5 Klavierstücke, S.192

−프란츠 리스트 Franz Liszt

....

비가 내리고 성난 바람이 분다. 창을 열어서 벌써 겨울이 오는 것 같다. 유리창이 흔들리고 젖은 흙 내음이 대기를 채우면 떠올리려 애쓰지 않아도 떠오르는 기억이 있다. 나는 불시에 그곳으로 끌려들어간다. 혹은 그 방이 내게로 온다. 그 어두운 방은 내가 원하지 않을 때에도 내 안에 도사리고 있어, 한여름에도 창을 열면 벌써 겨울이 오는 것 같고 손발이 곱는다. 계란 단면 같은 무늬의 커튼과 스탠드의 주홍 불빛, 창밖에서 흔들리는 자전거의 붉은 전조등, 빗소리 속에서 밤이 닳도록 듣던 음악, 그 선율을 향해 집어던진 유리잔과 깨진 파편 같은 영화 속 장면들, 겨울이 더 바짝 다가오도록 소리 내어 마셨던 술병, 출처를 알 수 없는 선물 상자, 흐느끼며 그린 그림은 낡지 않는다. 잊지 말자는 다짐과 함께 내 가슴에 새겨진 것들이.

나는 홀연히 나로부터 빠져나와 허공에 떠 있는 눈으로, 나의 아픔, 외로움, 사랑, 희열, 공포, 배신과 모욕, 그리고 내 삶의 지반을 뒤흔드는 광증의 기미를 지켜봤다. 모든 장면을, 장면 속의 사건을, 사건 속의 감각을, 감각이 불러일으키는 감정을 모조리 기억하려 했다. 더는 아프지 않기 위해서, 더는 사랑하지 않기 위해서, 더는 절망하지 않기 위해서. 내가 기억하는 것들이 나의 언어로 불변하는 진실이 될 수 있다면, 사랑이라면 사랑을, 미움이라면 미움을, 수치라면 수치를, 넘어진 자리에 표지를 세우면, 그 자리에 언제 다시 불려가더라도 넘어지지 않으리라고. 창으로 들이치는 빛과 어둠의 세기, 두 뺨과 손끝에 느껴지는 공기의 온도, 공간의 밀도와 나를 둘러싼 사물들의 위치, 떠도는 냄새, 귓가를 흐르는 소리를 소란스러운 통곡 속에서도, 다정한 웃음 속에서도, 삼엄한 침묵 속에서도. 나는 나로부터 한발 물러서서 그 모두를 관찰했다. 아픔이 찾아올 때 아파야 하는 줄 모르고, 슬픔이 찾아올 때 슬퍼야 하는 줄 모르고.

그때 나는 내 기억의 의지가 나를 배반하리라고는 추호도 상상하지 못했고, 이제는 아주 사소한 과거의 흔적에 목덜미가 잡힌 채 아무 때나 그 시절로 돌아간다. 그러나 내가 기억하는 장소는 그때의 장소가 아니고, 기억은 확정된 진실로 존재할 수 없는 무한의 공간일 뿐이어서, 나는 버려진다. 내 자신으로부터.

어쩌면 나는 나를 지키려고 했을 뿐인지도 모른다. 내가 느끼는 흉포한 감정으로부터 나를 보호해야 했고, 그래서 그 격렬한 전장에서 끝내 지켜야 할 나를 저 멀리 후방의 언덕으로 몰아냈던 것이다. 그것은 전략이었다. 나는 멀리서 지켜보았다. 그저 적진의 한복판에서 칼을 휘두르는 자 역시 나인 줄 몰랐고, 죄책감이란 최후에 살아남는 자들에게 수여되는 떼어낼 수 없는 훈장임을 또한 알지 못했다. 살아남은 것일까. 버려진 것일까. 나는 여전히 멀고 높은 언덕에서 지켜보고 있다.

물을 끓이고, 차를 우린다. 만일 끓어오르는 물이 발등 위로 쏟아진다면. 비명이 터져 나오고 눈물이 흐르겠지만, 동시에 비명의 음정과 눈물의 촉감을 식어가는 물로 손바닥에 적고 말겠지. 붉게 일어나는 피부와 발등에 들이부어진 열기, 증기가 솟아오르는 형상을 기억의 한구석에 각인하려 할 것이다. 이 고통을 기억하자고 다짐하는 사이에 상처는 깊어질 테지만, 내가 아파하는 동안에, 기억하는 나는 아프지 않을 것이어서, 아프지 않은 내가 나의 아픔을 조롱하겠지. 그리고 나는 그 모든 일이 그저 한 편의 연극 같다고 느낄 것이다. 나는 나의 역할을 연기하는 배우이고, 관객이고, 연출자라고 느낄 것이다. 나는 배우에게 요구한다. 몰입 없는 세계에서 자신을 주시하는 자신과 하나가 되라고.

아팠다. 아니, 아프지 않았다. 내가 기억할 때 내게 일어나는 일은 나의 경험이 아니고, 나는 지켜보는 시선일 뿐이어서, 기억으로부터 불려나온 그날 또한 그날이 아니었다. 창을 열어서 아직 멀리 있는 겨울이 소환되어 올 때, 내가 그날의 나와 같지 않듯이. 그럼에도 그날 들었던 음악은 지금도 추위를 몰고 오고, 스탠드의 주홍 불빛은 빗소리를 데려오며, 나는 그때처럼 아픈데 그 겨울은 지금과 다르고, 그래서 아프다고 말하지 못한다. 모든 것이 선명하게 보이고 감각되는 중에도, 오늘이 그때와는 달라서, 여전히 아픈데 아프지 않다.

자신의 절망을 지켜보는 자는 진정으로 절망하는 법을 배우지 못한다.

그런데 지금 당신, 찢고 찢겨나가는 나를 목격해온 당신, 나와 눈을 맞추려고 발을 끌며 오고 있는, 혹은 나를 외면하려는 당신, 당신은 무엇을 보고 있지. 무얼 생각하고 있지. 누굴 만나고 있지. 무엇보다 왜 지금 여기에 존재하고 있지. 무엇을 쓰고 싶지. 아니면 무엇을 읽고 싶지. 당신은 내게 무엇을 바라고 있지. 당신이 무엇을 원하든, 그것은 내게 없다. 나는 그저 멈추지 않고 쓸 뿐이고, 쓴다는 행위는 쓰이거나 읽힐 수 없는 것이다.

이제야 고백건대, 이것은 소설이 아니다.

당신은 무엇을 보았는가. 잘게 찢긴 것을 기어코 모아다 기운 누더기를 걸어두고. 아직 실재하지도 않는 당신에게 나는 묻는다. 당신은 무엇을 기대했는가. 서로 다른 퍼즐의 조각들을 한 상자에 섞어놓은 것처럼, 맞대어놓았을 뿐 연결되지 않는 무늬들을, 당신은 이해할 수 있는가. 그 혼란스러운 전경이 나의 진짜 얼굴이라고 주장한다면. 당신은 이 모든 것이 너절한 문학적 기교에 불과하다고 생각해왔을지도 모른다. 내가 지나치게 스스로를 연민하고 있는 것을 거북하게 느끼거나, 이해할 수 없는 언어를 장황하게 늘어놓을 뿐이라고 질책할지도 모른다. 누군가는 나조차 충분히 말할 수 없는 고통 앞에 탄복해 나를 연민할 수도 있을까. 어쩌면 그럴 수도 있겠지. 어쩌면 나는 그것을 구걸하고 있으면서, 정작 내가 원하는 것을 당신이 주면, 당신이 나를 가엾게 여기는 것이 부당하다고 여길지도 모른다. 당신은 나를 증오할 수도 있다. 별다른 이유도 없이 전시되어 있는 한 인간의 고통을 위해 당신의 시간을 허비했다고 생각하면서. 나는 부정하지 않는다. 어쩌면 당신은 이 모든 것이 실패한 자의 변명이라 여길지도 모르지. 당신이 옳을지도 모른다. 그리고 또 당신은, 이 고통의 실체가 언젠가 밝혀지리라는 기대를 끝내 버리지 못했을지도 모르지. 나는 결코 당신을 부정하지 않고, 다만 당신의 기대가 좌절되리라 약속한다.

내가 가진 것은 오직 설명할 수 없는 고통뿐이기 때문이다. 내가 나의 고통을 설명할 수 없다는 사실이 다시 내게 고통이 되어 돌아온다. 그런 내가 무엇이든 쓰지 않고는 견딜 수 없다면, 나 자신의 고통을 설명할 수 없다는 사실 외에 무엇을 쓸 수 있겠는가. 그 고통이 너무나 압도적이어서 내 모든 상상력을 고갈시키고, 오직 그 고통의 현현에만 전념하도록 만든다면. 그러나 당신은 아주 조금은 이해한다. 내가 고통받는 동안에, 나와 나 사이의 아득한 낭떠러지를 감지하고, 현기증을 느끼는 것을. 들여다보면 까마득한 어둠뿐인 곳에서 내가 보고 있는 것을 어떻게 묘사할 수 있을까. 아무리 빛을 비춰도 물러나지 않는 어둠이 있다면, 어둠을 지켜보는 일을 멈출 수 있을까. 현기

증이 일고 잠시만 균형을 잃어도 그곳을 향해 굴러떨어질
텐데.

여기에서 나를 찢어도 좋다.

너무 늙어버렸다는 생각이 든다. 이것은 망상이다. 나
는 고작 서른다섯해를 살았고, 그것은 너무 짧은 인생이
다. 만일 내일의 내가 거울 속에서 오늘의 나를 본다면, 오
늘의 나는 봄에 땅을 뚫고 올라온 풀포기처럼 보일 텐데.
삶이 끝나는 날까지 누구도 충분히 늙지 않았다. 그러나
나는 내가 아이였을 때에도, 내가 너무 빠르게 늙어버리
고 있다고 생각했다. 미성숙한 신체 속에서 빠르게 늙어
가는 정신은 성장이 아닌 질병인 줄도 모르고, 다른 아이
들보다 먼저 가서 이해한다는 것이 착각인 줄도 모르고.
나는 다른 사람들보다 조금 더 많은 것을 조금 더 강렬하
게 기억했고, 기억 속에서 그 시절을 거듭 살아 긴 시간을
살았다고 생각할 뿐이다. 그저 기억을 반추할 뿐인데, 그
런데 왜 이토록 더는 늙을 수 없을 만큼 늙어버린 기분이

드는 걸까.

혼란스럽다. 나는 누구인가. 지금 나에 대해 쓰고 있는 나와 이 이야기 속에서 나라고 불리는 내가 동일한 존재인가. 그리고 나에 대해 쓰고 있는 나를 주시하는 나는 누구인가. 그 모든 내가 스스로를 나라고 믿는다면, 누가 남겨지고 또한 누가 지워져야 하는가.

이것은 허구가 아니다.

이것은 무엇인가. 이것이 허구가 아니라면 모든 것을 사실이라고 확신할 수 있을까. 사실은 허구에 대립하는 단어인가. 내가 확신 속에서 쓴 것을 다음의 내가 부정한다면, 그것을 나의 이야기라 주장해도 좋은가. 당신은 나의 이야기를 의심하지 않고 받아들일까. 당신이 의심하지 않고 이해한 이야기가 나의 이야기일까. 그 어떤 상징이나 비유로 듣지 않고, 쓰인 것과 쓰이지 않은 것을 구별하지 않고, 여기에 있는 그대로를 듣고 있을까. 누구에게도 알려지지 않았던 음악을 최초로 듣듯이. 그러나 내가 당신에게 도움을 청할 수 없듯이, 당신은 나를 구할 수 없다. 고독은 혼자가 되는 것이 아니고, 고독은 잉여, 잉여의 과잉, 과잉의 질식. 이제는 아직 씌어지지 않은 장면마저 각색이 끝난 허구로 느껴진다.

당신은 이것을 허구라 믿어도 좋다.

내가 오직 나에 대해 말하고 있는 동안에도 결코 잊을 수 없었던 당신, 아직까지 떠나지 않고 곧 찢길 이야기에 귀를 기울이는 당신, 어쩌면 아직 존재하지 않는 당신, 당신은 누구인가. 누구로서 무엇을 읽고 느끼는가. 무엇보다 당신은 온전한 당신인가. 여기까지 온 후에도, 아무런 의심 없이 당신으로 있는 것이 가능한가. 어째서 이런 질문이 내 앞에 당도한 것일까. 당신은 그것을 묻지 않는가.

17

전주곡 내림라장조
Prelude in D-Flat Major

−릴리 불랑제 Lili Boulanger

....

　　내가 무슨 이야기를 하려고 했지. 죽음, 그래 죽음에 대해서. 다시 그 이야기를 시작해야 한다. 시계는 새벽 3시 48분을 가리킨다. 내가 언제 여기에 왔지. 이상한 암시가 부푼다. 찻물이 끓어 넘치고 있다.

18

프랑스 모음곡 1번 라단조 BWV 812
French Suite No.1 in D Minor, BWV 812

－요한 제바스티안 바흐 Johann Sebastian Bach

열차가 들어온다. 언제부터인지 기억나지 않는
다. 오래전부터 들어오고 있었다. 아주 오래전, 내가 기억
하지 못하는 바로 그때부터였다. 나는 내가 여기에 언제
도착했는지도 기억할 수 없는데, 아마 내가 도착한 바로
그때에도 열차는 계속해서 들어오고 있었을 것이다. 정확
히 말하면 열차가 들어오고 있는 것인지 나가고 있는 것
인지 분간되지 않는다. 플랫폼의 끝이 보이지 않는다. 뒤

를 돌아도 보이지 않는다. 지나치고 있는 것인지도 모른다. 시작도 끝도 없는 열차가 시작도 끝도 없는 플랫폼을 지나친다. 그러나 확신할 수 없고, 이 불확실한 상태를 형언할 수 있는 적확한 단어도 존재하지 않는다. 끝이 없는 플랫폼은 텅 비어 있고, 열차는 계속해서 들어오거나 빠져나가거나 지나치고 있다. 사람은 물론이거니와 밖으로 통하는 출입구도 없다. 없다는 것을 확인할 길이 없다. 나는 홀로 텅 빈 플랫폼에서 열차를 따라 달리고 있다. 텅 비어 있다는 것을 확신할 근거가 없다.

달리는 중이다. 처음부터 지금까지 열차를 따라 달리고 있다. 처음이 언제였는지 까마득하다. 기억나지 않는다. 기억하는 순간을 처음이라 해도 좋을까. 두 팔을 휘저으며 플랫폼을 달린다. 왜 달리고 있는가 하면, 열차를 따라 잡으려는 것 같기도 하고, 열차를 멈춰 세우려는 것 같기도 하다. 열차가 아직 멈춰 서지 않은 것인지, 내가 열차를 놓쳐버린 것인지, 아니면 애당초 정차하지 않는 열차인지 알 수 없어서, 달리는 이유도 알 수 없다. 그러나 달리는 일을 멈출 수가 없어서, 달리는 이유에 대해 묻는 일이 무의미하게 느껴진다. 나는 열차의 목적과 내가 달리는 이유가 더는 궁금하지 않고, 그저 그것이 무엇인지 궁금하다. 그것은 달린다. 열차 안에서 열차가 달리는 반대 방향을 향해 내달리고 있다. 어둠속에서, 그것이 나를 본다.

차창 너머로 보이는 열차의 내부는 검다. 너무 검어서 아무것도 보이지 않는다. 아무것도 보이지 않는데 아무것도 보이지 않아서 검은 차창의 내부에 바깥이 있을 것 같다. 내 의구심에 답하듯이 그것은 내가 달리는 방향과 정확히 반대로 거침없이 내달린다. 그것은 달리는 열차의 속도에 밀려나지도 않고, 딱딱한 몸을 곧게 세우고, 팔을 내젓지도 않으며 달린다. 그리고 나를 주시한다. 아무것도 보이지 않는데도 알 수 있다. 모든 소리가 들린다. 열차가 달리는 소리, 내 발이 바닥에 부딪혀 내는 마찰음, 거친 숨소리, 일정한 보폭으로 달리는 그것의 소리, 그것이 보내는 시선의 소리가 내게는 들린다. 실은 모든 것이 무성영화의 세계처럼 소란스럽게 침묵하고 있는데도, 나는 그모든 소리를 들을 수 있다.

내가 달리고 있고, 그것이 달리고 있고, 그것은 나를 보고 있고, 나는 그것을 볼 수 없다. 보이지 않는데 알고 있다. 그러나 그것이 무엇인지도, 그것의 목적도 알 수 없고, 문득 뒤를 돌아보면, 그토록 오랫동안 달려왔는데 처음에서 조금도 벗어나지 못한 것 같다. 달아나지 못했다. 그렇다. 나는 달아나려는 것 같다. 이 열차를 세우려는 것도, 이 열차에 오르려는 것도 아니고, 그저 달아나고 있을 뿐이다. 무엇으로부터 달아나려는 것일까. 나는 멈춰 서서 숨을 고르려고 한다. 달리다보면 오직 달리는 일에 온 정신을 집중하게 되고, 자신이 달린다는 사실 외에 다른 것을 생각할 수 없게 된다. 아마도 내가 여기에 도착한 때를 기억하지 못하는 것도 내가 계속해서 달리고 있기 때문인지 모른다. 산에 오르다보면 산을 오르는 일 외에 다른 무엇도 생각할 수 없게 되듯이. 산을 오르는 일을 생각하며 더 가파른 고개에 닿을 때쯤이면 산조차 사라지듯이. 멈추려고 하지만, 멈춰지지 않는다. 반복 재생되는 필름 속의 이미지처럼.

어떻게 여기에 왔는지 기억하지 못하는데, 여기에 오기 전에 꾼 마지막 꿈은 떠오른다. 언제 여기에 왔는지 기억하지 못하므로, 여기에 와서 꾼 것일지도 모르는 꿈. 꿈에서 나는 줄기차게 무언가를 쓰고 있었다. 쓰고 찢었다. 찢고 다시 썼다. 한겨울의 추위, 끓어오르는 찻물, 불투명한 창문 위에 고통의 목록을 적었지만, 차가 식을 때쯤엔 사라져 있었고, 사라진 것을 바라보면 사라진 것이 애초에 존재하지 않았던 것처럼 느껴졌다. 그것은 내게 닥쳐올 것들에 대한 예감을 불러일으켰지만, 아무런 사건도 일어나지 않았고, 그다음은 기억나지 않는다. 내가 적었던 고통의 목록도 삭제되어 있다. 아무리 생생한 꿈도 눈을 뜨자마자 말하거나 옮겨 적지 않으면 꿈을 꾸었다는 사실만이 기억된다. 그렇게 생각하면, 내가 겪은 일들이 모두 꿈만 같다. 파편으로 남은 기억을 현실이라 말해도 좋을까. 꿈속에 있으면 그것이 꿈인 줄 모르고, 그것이 꿈인 것을 깨닫고 나면 잠에서 깨어나는데. 그렇게 생각하면, 내가 멈추지 않고 달리고 있는 이 플랫폼이 꿈인 것만 같다. 가끔은 잠 속에서도 잠들기 전의 일들이 떠오른다. 이렇게 생각해도 꿈에서 깨어나지 않는다.

나는 그것을 본다. 그것은 아직도 나를 보고 있다.

나는 내가 나에 관해 이야기하려 할 때마다 줄곧 나로부터 쫓겨나 내가 되지 못한 채 그저 내가 바라본 것을 나라고 이야기하던 절망을 기억해낸다. 그리고 어쩌면 그것은 그것이 될 수 없었다고, 나로부터 쫓겨나 내가 되지 못한 채 그저 나를 바라보고 있는지도 모른다는 생각이 든다. 나로부터 물러난 내가, 나를 내가 쓴 문장 속에 가둔 것처럼, 그것이 나를 쓰고 있는 것 같다. 더는 희어질 수 없을 만큼 희고 밝은 플랫폼과 더는 검어질 수 없을 만큼 검은 창문은 백지에 빠르게 흘려 쓴 글자들처럼 보여, 나는 그것이 쓴 것 속에 갇혀 있다. 그것이 나를 썼고, 나는 달리고 있고, 멈출 수 없다.

이상하다. 나는 왜 그것을 바라보고 있는 걸까. 그것이 나를 쓰고 있다면, 그것이 나를 쓰는 중에 내가 나를 쓰고 있는 존재에 대해 생각하는 일이 가능한 걸까. 아니면 그것이 그렇게 쓰고 있는 걸까. 이상하다. 나를 쓰면서 나를 쓰고 있는 자신을 생각하는 나를 생각한다는 것이. 그

것은 무엇을 위해 그것을 보는 나를 쓰는 것일까. 왜 내가
자신을 바라보게 하고 있는 걸까. 내게 무엇을 원하고 있
기에.

멈출 수 없는 곳에서 멈추려는 의지를 가지고 달리고
있다. 문득, 나는 나의 의지가 백지에 적힌 이야기를 다른
방향으로 이끄는 일에 대해 생각한다. 내 의지가 그것에
게 영향을 미칠 가능성에 대해. 검은 곳에서 흰 빛 속을 달
리는 나를 주시할 때, 만일 그것이 내가 그것에 대해 쓰고
있다고 느낀다면. 그러나 나는 그저 달리고 있고, 내가 그
것에 대해 쓰지 않았다면. 우리가 서로에게 서로를 향한
구속을 깨뜨려주기를 소망하고 있다면. 우리가 여기에 함
께 갇혀 있다면. 우리가 만난 적 없는 누군가가 우리를 쓰
고 있다면. 이제 나와 그것은 가지런히 도열한 희고 검은
건반이 된 것 같다. 음악으로 완성되지 않는 영원한 스케
일. 이상하다. 나를 구속해두고 그 속박을 벗어던질 의지
를 부여하는 존재가 있다는 것이.

나는 그것을 바라보며 달린다. 그것에게 물으려고. 그
러면 그것은 나를 바라보며 달리고 있다. 우리는 마치 물

감을 쏟아 반으로 접었다 편 종이 위에 만들어진 얼룩 같다. 그리고 나는 내가 이미 모든 걸 알고 있었다는 사실을 인정한다. 나는 내게서 달아나지만, 달아나서도 내게 속해 있다는 것을. 내가 나를 속이는 동안에, 내가 나의 거짓을 알아본다는 것을. 우리를 써내려가는 손의 의지가, 우리를 접었다 펼친 손의 의지가, 우리를 구속하며 해방하는 의지가, 의지를 포기하려 하는 의지가, 우리 안에 있다는 것을. 우리의 무책임한 의지가 우리의 의지를 우리에게 떠맡기려 한다는 것을.

평행선을 이루며 달리는 우리의 질주는 의지를 버린 우리의 의지이다. 우리는 우리의 분열을, 우리의 불안을, 우리의 절망을 필연이라 여기고서, 우리의 미래를, 우리의 예감을, 우리의 목숨을 우연에 맡기고, 우리가 버린 우리의 의지에 결박당한 채, 썼다. 거울 앞에서, 거울의 바깥에서 주먹을 휘둘러도 두개의 주먹이 으스러지는 것을 알고서, 거울의 안쪽에서 주먹을 부수기를 기다렸다. 그러나 눈을 감고 돌아앉은 등을 마주보는 것은 눈을 감고 돌아앉은 등.

이제는 정말로 죽음에 관해 이야기해야 한다. 나의 죽음에 관하여. 그런데 대체 무슨 이야기를 한단 말인가. 나는 정작 내 머릿속을 차지한 것들에 대해서는 단 한 문장도 쓰지 못했다. 가장 소중한 것을 들킬까봐 장황한 글자들 위로 어지러운 불빛을 쏘아대며, 아직 누구에게도 들려주지 않은 비밀을 속삭이는 것처럼. 신을 믿지 않으면서 신전에 불을 놓고 기도하는 사람처럼. 말하는 동안의 진실도 입을 다물면 빈 것이 된다. 말할수록 잃어버려서, 잃어버리는 일을, 멈출 수 없었다.

　이제 죽음에 대해 이야기해야 한다. 그러나 나는 더이상 나의 죽음에 대해 이야기할 수 없다. 내가 있는 곳에 죽음이 있고 죽음이 있는 곳에 내가 없다. 그러므로 죽음은 나에게 아무것도 아니다. 루크레티우스는 말한다. 틀렸다. 그는 그가 있는 곳에 죽음은 절대 존재할 수 없다는 사실을 깨닫지 못했다. 죽음에 맞서기 위해 죽음을 생각하는 일은 불가능하다. 도달하기 직전까지 내내 부재하는 것. 달리는 것을 멈출 수 없다면, 방향을 틀어 달릴 수 있을까. 내가 바라보는 그것을 향해서. 내가 그것을 볼 때, 그것이 나를 보며, 우리가 서로를 생각해, 서로를 속박하고 있다면. 열차의 굉음이 다른 모든 소리를 빨아들이고, 비로소 나는, 내가 무엇을 해야 하는지 알 것 같다.

19

자유즉흥연주*

Free Improvisation

−박창수 Park Chang -Soo

* 614회 The House Concert(2018년 3월 19일) 연주.

한대의 피아노와 한 사람의 피아니스트가 있다. 즉흥연주에는 악보가 존재하지 않는다. 피아니스트는 연주자인 동시에 작곡가이기도 하다. 연주는 매 순간의 감각과 지각을 음악적 언어로 전환한다. 따라서 연주자에게는 이론적 지식, 악기에 대한 이해, 숙련된 테크닉, 민첩한 판단력이 요구된다. 연주는 촬영되거나 녹음될 수 있지만, 기록과 재연은 무의미하다. 연주는 다시는 연주되지 않는 단 한번의 연주라는 사실로 인해 비로소 완성되기 때문이다. 이로써 즉흥연주는 악보가 존재하는 모든 음악의 실재 또한 그것이 연주되는 바로 그 순간에 있음을 보여준다. 같은 연주자에 의해 다시 연주되는 음악조차 완전히 새로운 음악이며, 기록된 음악은 필연적으로 상실의 운명에 놓인다. 음악을 듣는 동안에, 우리는 그 상실을 함께 듣고 있는 것이다. 이때의 상실이란 기록된 음악에서 누락된 것만을 의미하지 않는다. 생생한 연주의 현장은 바로 그 상실의 과정을 목격하는 장소이기 때문이다.

20

(두대의 피아노를 위한) 아멘의 환영
Visions De L'amen (pour deux pianos)

–올리비에 메시앙 Olivier Messiaen

....

　　　　　짙은 밤색의 업라이트 피아노가 뜯기고 분해되
어 실려 나간다. 상판이 뜯기고, 하판을 떼어내 드러난 현
과 철골 프레임은 녹이 슬고, 나무로 된 낡은 울림판은 삭
고 휘어 있다. 건반의 높이는 들쭉날쭉하고 흰 건반 곳곳
이 누렇게 얼룩져 있다. 나는 조금만 움직여도 흔들리는
피아노 의자에 마지막으로 앉아 있다. 의자에서 꺼낸 악
보들의 빛바랜 표지를 내려다본다. 악보를 읽는 법이 기

억나지 않는다.

허리를 펴고 배꼽을 피아노의 중심에 맞추고 달걀을 쥐듯 손을 둥글게 말아 건반에 올리고, 첫번째 레슨이 시작됐다. 건반의 왼쪽 끝과 오른쪽 끝을 하염없이 오가는 일의 지루함. 어떤 소리를 내는지도 모르고 뛰어넘어야 했던 흑건반들. 허락되지 않은 소나티네. 그러나 귀에 익은 멜로디를 연주해보려고 88개의 건반 위를 헤매며 규칙 없이 움직이던 손가락. 금기를 어기듯 흑건반을 누르고 페달을 밟는 일. 작은 건반들이 일으키는 소리의 진동이 우주를 밝히는 듯했던 밤. 마지막 연주는 기억나지 않는다.

하얀 레이스 덮개 위에 쌓여가던 자질구레한 인형과 장난감. 서서히 멀어진 이별이어서. 헤어질 줄 몰랐던 이별이어서. 새로 배운 단어. 혼자 읽을 수 있게 된 이야기. 몰래 써내려갔던 이야기의 뒷이야기. 놀이터에 앉아 외워 읊던 성냥팔이 소녀의 대사. 늘 놓여 있던 자리에서 낡아간 우주. 한자리에서 돌이킬 수 없이 망가져버린 모든 게 떠나고. 나는 흔들리는 의자에 앉아 벽지 위에 남겨진 흰 그림자를 본다. 연주가 끝나는 순간마다.

너는 아직 살아보지도 않은 계절에 이미 다녀온 것처럼.

더 많은 계절을 지날수록 알 수 없게 되는 것들이 있다. 새롭게 배운 언어가 앞서 배운 언어를 지우듯이. 뒤따라오는 파도가 해변의 파도를 지우듯이. 공연장을 빠져나가는 인파가 나를 지우듯이.

나는 마지막까지 객석에 앉아 무대 위에서 마주보고 있는 커다란 두대의 그랜드 피아노를 바라본다. 객석에 불이 들어올 때, 악기는 차분해진 빛 속에서 숨죽인다. 연주가 끝나고 연주자가 무대를 떠나면 관객들도 객석을 떠난다. 아무도 무대 위에 놓인 악기에 대해 이야기하지 않는다.

나는 객석에 오래 앉아 있다. 검은 옷을 입은 사람들이 무대로 들어와 보면판을 접고, 뚜껑을 덮고, 잠긴 캐스터를 풀어 악기를 옮기기 시작할 때쯤, 복도와 로비의 함성이 연주홀까지 흘러든다. 나는 겨우 자리에서 일어나 텅 빈 무대를 본다. 어두운 객석에 앉아 단단하고 깨끗한 피아노의 음성을 들으면, 매번 그 연주가 영원히 끝나지 않기를 바랐다. 연주가 지속되는 만큼의 시간만을 살 수 있어서.

밤이 되어도 어두워지지 않는 도시의 소음을 가로지르면 음악의 여운은 점점 더 강렬해지고, 그런 여운은 다시금 찰나 속에서 무한의 시간을 살게 한다. 나는 어둠속에서 스스로를 연주하는 피아노를 상상한다. 그리고 곧, 다시 내 안에 갇혔다는 사실을 깨닫는다.

21

무제
Untitled

빈 찻잔이 있고, 창밖에는 녹음이 가득하다. 나는 연주가 끝나기를 기다리며 떠오르는 단어들을 쓰고 지운다. 더운 바람이 시선을 끌고, 고개를 돌리면 여자가 걷고 있다. 그늘에 무리지어 앉은 사람들의 웃음소리. 연주는 끝나가고, 나는 밝은 화면 위에 적힌 문장을 읽는다. 연주가 끝나간다. 끝나기 전에, 말할 수 있을까. 지금까지 한 번도 쓰거나 말하지 못했던 것을. 바람이 나뭇잎을 흔들며 파도를 일으키고, 눈을 감으면 나는 벌써 심해에 있다. 이제야 겨우 체념을 배운다. 슬픔이 밀려온다. 이 슬픔도 내 것이 아닐까봐, 슬퍼질 수 없어서 슬픔에서 벗어날 수도 없다. 같은 이야기를 반복하고 있다. 알면서도 멈출 수 없었다. 나는 언제나 나에 대해서만 말했다. 아무리 말해도 내가 될 수 없어서. 한번만 내가 되고 싶어서. 쓰고 찢기를 반복하며 내게 가까워지려고. 내가 나를 나라고 부르지 않을 때에도, 그 모두가 나였다. 가망도 없는 일을 멈출 수 없었다. 내게 내 고통을 증명하고 싶었다. 내 절망이 허상이 아니라고 항변하고 싶었다. 내가 나의 광기에 도취되어 있는 것이 아님을 확인하고 싶었다. 그러나 나는 안다. 때로는 당신이 내 고통을 목격하기 바랐다는 것을. 그럴 때면 나를 증오하지 않으려고 나의 초상 아래 존재하지 않는 사람의 이름을 적었다. 나를 허구 속에 두면, 누구도 그것을 나라 부르지 않고, 나의 누추함을 비난하지 않고, 나의 절박함을 생각했다. 내 고통을 말하고 싶은데, 그것이 나로 보일까봐, 조악한 허구를 만들었다. 그 비겁함의 대가가 무엇이 될 줄 모르고. 지금 이 순간부터 모든 비유를 버린다. 나의 혼란을 장황한 변명으로 삼는 일을 중단한다. 당신은 볼 수 있다. 여기에 내 고통이 있다. 이렇게 말해도 충분히 말해지지 않는 고통이 있다. 이것은 허구가 아니다. 당신은 볼 수 있다. 당신이 이해할 수 없는 고통이 여기에 있다. 과잉의 고통이 있다. 연주가 끝나간다. 그러나 여전히 내가 나의 고통을 확신할 수 없다면. 연주가 끝나간다. 내가 나의 고통으로부터 여전히 나를 소외시킬 뿐이라면. 연주가 끝나간다. 내가 허구가 아니라고 주장하는 것들이 나를 속이고 있다면. 연주가 끝나간다. 여전히 아무것도 말하지 못한 것이라면. 연주가 끝나면. 변주 불가능한 연주는 이렇게. 연주가 끝나면. 마지막 장면에서. 연주가 끝나면. 내가 나를. 연주가 끝나면. 찢을 때. 연주가 끝나면. 내가 무슨 이야기를 하려 했지. 연주가 끝나면. 그래, 죽음에 대해서. 연주가 끝나면. 정확하게. 연주가 끝나면. 나의 죽음에 대해서. 연주가 끝나면. 죽고 싶다. 연주가 끝나면. 아무런 변명도 없어. 연주가 끝나면. 아무런 죄책감도 없어. 여기에서. 연주가 끝나면. 그 말을 하려 했을 뿐이다. 연주가 끝나면. 여기에서 시작해야 할 것이다.

나는 내가 언제 여기에 왔는지 기억하지 못한다. 그것
은 너무 오래전의 일이다.

짧은 후주들

신예슬

찰나의 적막이 흐르고, 연주자가 피아노에서 손과 발을 거두는 순간 박수가 침묵을 뒤덮는다. 무언가를 재빨리 부수는 그 쨍한 파열음을 원망할 틈도 없이 기쁨의 탄성이 연이어 울려 퍼진다. 그것으로 연주는 끝난다. 그 공간을 떠난 자들은 바깥에서 축하연을 이어간다. 무대는 어둠속에서 조용히 해체된다. 연주는 끝났지만 여전히 나는 여기에 있고, 연주가 건설한 음악의 세계는 흔적 없이 사라졌지만 나는 여기에 있고, 다시는 돌아오지 못할 시간이 끝맺어졌지만 나는 여기에 있다. 이 음악의 끝을 환호

하고 싶지 않다. 그것이 내가 객석에서 느껴온 작은 절망
이었다.

음악 이후

"생생한 연주의 현장은 바로 그 상실의 과정을 목격하
는 장소"(112면)라고 말하는 천희란의 글에는 짙은 상실감
이 배어 있다. 듣는 자의 눈으로 볼 때 『자동 피아노』에 쓰
인 문장들은 음악의 흐름을 시시각각 쫓지도, 음악에 관
한 이야기를 늘어놓지도 않는다. 브람스의 발라드와 슈베
르트의 소나타와 우스트볼스카야의 전주곡은 내게 이 글
들의 첫 문단으로 읽힌다. 음악을 들으며 이 글을 읽는 것
은 지난 문장을 귀로 들으며 다음 문장을 눈으로 읽는 것
과 별반 다르지 않다. 죽음에 관한 작가의 사고는 음악의
잔향이 사라진 뒤에야, 음악이 상실된 후에야 비로소 말
이 되어 쓰인다.

이 글에는 박수 소리처럼 음악과 음악 아닌 시간을 가

르고 '나'를 현실로 되돌려 보낼 장치가 없다. 연주는 끝났지만 음악이 열어둔 공간은 여전히 그의 앞에 펼쳐져 있다. "나는 여기에 혼자 있다."(9면) 이제는 고요해진 그곳에 발 딛고 서 있는 이는 어둠과 침묵 속을 더듬거리며 그 공간의 크기와 온도를, 풍경과 소리를, 빛과 어둠을, 그곳의 법칙을 가늠한다. 음악이 열어두고 떠난 그 공간은 "깨어 있는 동안에 꾸는 꿈"(12면) 같은 세계다. 그곳에서는 무슨 사건이든 펼쳐질 수 있고, 무슨 이야기라도 말해질 수 있다.

그 공간에서 벌어지는 일과 들려오는 말은 앞서 제목에 적힌 음악이 전개되는 방식과 닮았다. 2장의 문장은 스카를라티 소나타의 짧고 단정한 프레이즈를, 4장의 풍경은 버르토크의 암암한 장송곡을, 6장의 공기는 라벨의 「밤의 가스파르」처럼 보석을 지키기 위해 소리를 감시하는 예민한 감각을 환기한다. 음악이 바뀔 때마다 계속해서 다른 세계에 던져진 '나'는 그곳의 방식으로 새롭게 죽음을 이야기한다. 그런데 그 세계들을 오가며 끊임없이 죽음을 이야기하는 '목소리'의 존재를 자각한 최초의 순간, '나'는 잊고 있던 자신의 고독을 떠올린다. '나'이기도 '너'이기도 '그녀'이기도 '그'이기도 한 그 고독한 자는 누구인가.

목소리

서양음악에서 목소리는 여성의 목소리인 소프라노와 알토, 남성의 목소리인 테너와 베이스로 구분된다. 때로 누군가는 이 목소리가 노래할 선율을 '성부'라는 이름으로 바꾸어 불렀다. 이 성부라는 말은 차츰 목소리 바깥으로도 번져나가 소프라노가 없더라도 그의 음역에서 연주되는 것은 소프라노 성부, 베이스가 없더라도 그의 음역에서 연주되는 것은 베이스 성부라는 이름을 얻었다. 선율은 사람의 목소리 대신 악기로도 노래될 수 있었다. 목소리 없는 음악에도 노래를 닮은 선율이 있었다. 음악은 목소리 없이도 성부를 가질 수 있었다. 가사도 목소리도 없지만 분명히 노래하고 있는 '무언가(無言歌)'처럼.

희고 검은 여든여덟개의 건반을 지닌 피아노는 동시에

여러개의 선율을 연주할 수 있다. 이 말을 조금씩 교묘하게 바꾸어보자. 피아노는 동시에 여러개의 선율을 노래할 수 있다. 피아노는 동시에 여러 성부를 노래할 수 있다. 피아노는 동시에 여러 목소리들을 노래할 수 있다. 피아노는 동시에 여러 목소리로 말할 수 있다. 피아노에는 여러명의 목소리가 잠재한다. 그렇다면 다음의 말을 피아노 연주에 관한 것으로도 읽어볼 수 있을까. "정신을 구속하는 하나뿐인 신체와 끝없이 분열하는 목소리로 쓴다. 붙일 수 있는 이름의 수를 초과해 존재하는 목소리들에 대해 쓴다."(81면)

때로 『자동 피아노』에서 말하는 목소리는 비로소 제각각의 언어를 얻게 된 피아노 음악의 성부 같아 보인다. 목소리를 소거 당했던 무언의 성부. 등장인물 없이 이루어지던 극에 부여된 서사와 인물. 말과 몸이 없었던 탓에 은유의 영역으로 내몰렸지만 한명이 연주하는 피아노 음악 안에서 서로 동시에 이야기하며 싸우던 이들. "다른 목소리. 또다른 목소리. 끝없는 대화가 시작되어, 그의 주장을 부정하는 목소리가 그를 두둔하기에 이르고, 이윽고 부정을 부정하며 꼬리를 문다. 도끼로 꼬리를 내리치려 하면 거기에 그가 누워 있고, 그는 도끼를 휘두르는 손의 의지가 누구의 것인지 의심하고, 누워 있는 그가 도끼를 쳐들고 있다."(37면)

하지만 집요하게 죽음을 말하는 목소리는 필연적으로 살아 있는 몸을 전제한다. 쉼 없이 자신을 의심하고 중언부언하고 모순을 말하며 죽고 싶다고 말하는 목소리는 그럼으로써 자신이 살아 있음을 몇번이고 밝힌다. "나는 여전히 살아 있고, 그것은 내 삶에서 무엇보다 치욕적인 사실이다."(53면). "죽을 수 있어서 안도했다. 그러나 문득 이 모든 생각이 살아서 하는 생각이라는 사실을 떠올린다."(57면). 이것은 음악에 귀속된 성부가 아니라 신체에 귀속된 목소리만이 할 수 있는 말이다.

작가가 거듭 말하듯 이것은 '나'에 관한 이야기고 그 발언을 의심할 필요는 없어 보인다. 그는 음악을 듣고, 새벽에 찻물을 끓이고, 글을 쓰고, 죽음 충동에 휩싸이며, 정신적 고통을 토로하고, 몸의 고통을 상상하고 두려워함으로써 글 안에서 자신의 존재를 드러낸다. 그러나 왜 '자동 피아노'인가. 거기엔 사람의 몸도 목소리도 없는데.

자동 피아노

스스로 연주하는 피아노. '자동 피아노'라는 사물이 등장한 것은 19세기 말, 서양음악계의 낭만적 세계관이 근대의 물결을 맞이할 무렵이었다. 오르간, 오르골, 건반악기 등 여러 악기들의 내부에서 뜯어온 기관들을 한데 결합해 만든 이 기계는 인간을 대신해 피아노를 연주해주는 특별한 장치였다.

축음기보다 조금 더 이른 시기에 세간에 널리 퍼진 이 기계는 재빠른 기술 갱신과 함께 계속 모습을 바꾸어나갔다. 초기 모델은 거의 업라이트 피아노에 육박하는 거대한 장치가 피아노 외부에서 건반을 뒤덮는 형태였다. 기술자들은 금세 피아노 내부에 그 장치를 숨겼고 자동 피아노는 일반 피아노와 거의 똑같은 외양을 얻을 수 있었다. 그러나 자동 피아노에는 몸체 내부로 연결되는 작은 캐비닛이 달려 있었다. 자동 피아노를 움직이게 하기 위해서는 캐비닛의 문을 열고 그 안에 '롤'이라 불리는 구멍 숭숭 뚫린 두루마리를 입력해야 했다. 롤은 악보 혹은 연주의 정보값을 지면에 옮겨놓은 것으로, 그 롤을 넣고 재생에 필요한 동력을 제공하면 놀랍게도 누르는 자 없이 건반이 눌렸다.

그렇게 피아노는 연주를 출력했다. 자동 피아노는 소리를 기록하고 재생하는 것이 아니라 연주를 기록하고 재생했다. 악기의 존재와 연주라는 사건은 그대로였다. 그 연주에서 사라진 것은 오직 사람의 신체뿐이었다. 마치 보이지 않는 피아니스트 유령이 피아노를 연주하는 것 같았다. 혹은 피아노가 '스스로' 연주하는 것 같았다.

하지만 자동 피아노는 정말로 '스스로' 연주할 수 있는가? 그 연주는 자동 피아노의 의지인가? 아니라면, 그것이 누군가에 의해 작동되기를 기다리는 기계장치에 불과하다면, 자동 피아노는 타의에 의해 연주된다. 스스로 아무것도 하지 못한 채 입력된 정보를 소리로 변환해 내뱉는다. 자동 피아노는 음악이 어디로 향할지 알지 못한 채, 끝이 다가오기 전까지 주어진 업무를 수행한다. 음악에 내재되어 있던 말 없던 목소리들을 자신의 몸으로 토해낸다. 그 몸체엔 소리가 남긴 잔향이 울렁거린다. 자동 피아노는 자신이 누구인지 알 필요가 없다. 자신을 관통하는 음악에서 무슨 일이 벌어지는지 알 필요도 없다.

그러나 만약 자동 피아노가 자신을 발견해버린다면. 연주가 끝나고 홀로 남은 자가 자동 피아노였다면. 목소리의 주인공이었던 '나'와 '너'와 '그녀'와 '그'가 자동 피아노였다면. "나는 어둠속에서 스스로를 연주하는 피아노를 상상한다. 그리고 곧, 다시 내 안에 갇혔다는 사실을 깨닫는다"(116면)는 말이 다름 아닌 자동 피아노가 스스로를 자각한 것이라면.

자동 피아노는 그리그의 「자장가」에서 잠들지 못한다. 라흐마니노프의 「모음곡」에서 거울 속의 자신을 바라보고 진단한다. 슈만의 「새벽의 노래」에서 고통을 피하지 않는다. 스크랴빈의 「소나타」에서 환영을 본다. 케이지의 「값싼 모방」에서 음들이 남긴 궤적으로 점·선·면을 그린다. 쇼팽의 「연습곡」에서 아무것도 연습하지 않는다. 모차르트의 「판타지」에서 바다 속의 폭포로 휩쓸려 들어간다. 쇤베르크의 「소품들」에서 깊은 무너짐을 예견한다. 차이콥스키의 「계절들」에서 일년을 지나친다. 리스트의 「소품들」에서 지난날을 회고한다. 불랑제의 「전주곡」에서 다시 중심을 잡는다. 바흐의 「모음곡」에서 목적지로 향하는 가장 빠른 길을 택해 그 길로 질주한다. 박창수의 「자유즉흥연주」에서 아무것도 손에 쥐지 못한다. 메시앙의 「아멘의 환영」에서 불투명해진 몸을 상상한다. 「무제」에서 취소한다.

그리고 그는 늘 제자리로 돌아와 같은 결말에 이르듯 죽음을 이야기한다. 어쩌면 그토록 집요하게 죽음을 이야기하는 것은 그가 결코 죽을 수 없고, 죽지 않기 때문일지도 모른다.

죽음

『자동 피아노』에서 모든 음악은 죽음의 전주곡이 된다.

그 음악이 정지했는지, 움직였는지, 빨랐는지, 느렸는지, 회고적이었는지, 현재였는지, 미래를 기약했는지에 따라 그 글의 풍경과 속도와 발화 방식은 달라지지만 그것은 계속해서 죽음이라는 주제로 종결된다. 음악은 그 종지로 향하는 길의 구조를 제시할 뿐이다.

이 글이 쉼 없이 방식을 바꾸어가며 죽음을 다루는 근본적 이유에 대해 내가 덧붙일 수 있는 말은 거의 없다. 그 죽음을 이야기하는 목소리가 누구인지도, 그 목소리의 주인공이 죽을 수 있는 존재인지도 실은 모르겠다. 그가 누구인지 질문하는 것이 온당한지조차 의심스럽다. 다만 나는 그가 죽지 않기를 바란다. 그가 사람이든 음악이든 자동 피아노든 그 누구든. 나는 이 죽음에 관한 말들을 곧이곧대로 따라 읽는 대신, 이 문장에 의지해 그것을 비틀어 읽는다. "단언하겠다. 내가 누군가를 죽이겠다고 다짐하면, 죽이는 일을 망설이고 있다는 뜻일 테니까."(27면) 그러니 말하는 이가 자신이 죽을 것이라고 거듭 다짐하면, 죽는 일을 망설이고 있다는 뜻일 테다. 나는 거기서 안도한다.

그리고 그는 이렇게 고백한다. "매번 그 연주가 영원히 끝나지 않기를 바랐다. 연주가 지속되는 만큼의 시간만을 살 수 있어서."(116면). 나는 이 스물한곡의 음악에 뒤따르는 죽음에 관한 글들을 그가 살아서 시간을 보낸 방식으로 읽는다. 그 글들을 내가 완전히 오인했더라도, 각 부제의 음악에 의존해 읽은 만큼 음악의 성긴 그물로 그 정교한 언어를 다 잡아채지 못했더라도, 내게는 상관이 없다. 나는 그가 죽고 싶다고 이야기함으로써 죽지 않고 망설였고, 음악의 상실을 고통스러워한 그가 살아서 음악에 의지해 시간을 보냈다는 사실을 알아차리는 것으로 족하다.

음악의 템포가 아직 손끝에 감돌고 타건의 잔향이 귓가에 맴돌지만 그것이 빠르게 상실되고 있음을 잊을 수 없을 때, 내 신체의 연속성은 끔찍하리 만큼 분명하다. 모든 것이 가능했던 그 안전한 음악의 공간 안에서, 그 세계의 울타리 안에서 그 법칙을 따르며 살아갈 수 있다면 얼마나 좋을까. 몸이 없는 세계. 혹은 몸을 잊을 수 있는 세계.

음악 사후에 밀려오는 고독과 죽음에 관한 사고를 피할 길은 없다. 그러나 목소리는 죽음을 이야기함으로써 생의 의지를 밝히고, 수차례 다른 방식으로 그 의지를 갱신한다. 이것은 그런 의미에서 내게 스물한번에 걸쳐 기록된 생의 증언으로 읽힌다. 언제고 음악이 끝난 자리로 되돌아와 음악의 방식으로 죽음에 관한 이야기를 풀어놓던 '나'는 마침내 그곳에 오래 머물렀음을 깨닫는다. 그곳은 음악을 거쳐 죽음과 삶이라는 근본구조를 거듭 다루어오던 곳이다. '나'는 그 반복을 중단할 것처럼 보인다. 어쩌면 '나'는 이 공간을 닫고 다른 곳으로 떠나갈 수도 있겠지만 언제고 다시 되돌아올지도 모른다. 그럼에도 음악이 층층이 누적되어 있는 그 공간은, 그 시간을 견딘 '나'는 결코 이전과 같지 않을 것이다. 시간 위에서 펼쳐지는 것이라면 그 어떤 것도 결코 동일하게 재현될 수 없듯이. 아무런 흔적이 남지 않을지언정 음악을 듣고 난 뒤에 너무나 많은 것이 바뀌듯이.

申睿瑟 | 음악평론가

내가 노래를 연주할 때,
그 노래는 거기에 없다는 사실을 알고 있지만

1998년에 일어난 한 사건 이후로 매일 죽음에 대해 생각했다. 2003년부터 진지하게 작가가 되는 일에 대해 생각했다. 2006년에 겪은 한 사건 이후로 매일 자살을 생각했다. 2015년 봄에 데뷔를 해 내가 쓴 소설로 낯모르는 독자들을 만났다. 2016년 가을에 지금까지 발 딛고 살아온 땅이 뒤집어졌다. 2017년 연말에는 세계가 한번 무너졌다. 2018년 봄에 그 폐허 속에 머물며 『자동 피아노』를 썼다. 그리고 나는 그 시기에 내가 겪은 사건이나 거기서 느낀 감정을 구체적으로 기억하지 못한다.

십여년이 넘는 시간을 자살사고에 시달렸다. 매일, 매 시간, 매 순간 죽고 싶다고 느꼈다. 겪어보지 않은 사람에게는 이 말이 지나친 과장이라거나 아예 거짓말처럼 느껴질지도 모르겠다. 내가 오랫동안 세상 어디에도 이 이야기를 있는 그대로 털어놓을 수 없었던 이유이기도 하다. 그러나 그런 삶이 있다. 우리가 매 순간 내가 나라는 사실을 되새기지 않지만 내가 나라는 사실을 믿고 살아가는 것처럼, 스스로 의식하지 못하는 순간에도 죽고 싶다고 생각하며 사는 사람이 있다. 물론 자살사고는 내가 나라고 믿는 것과는 다른 이질적 존재를 경험하는 일이어서 언어화된 의식을 끊임없이 자각해야 하는 고통을 동반한다. 자살사고가 지속되면 이따금 죽고 싶다는 생각을 하는 것이 아니라, 죽고 싶다는 생각을 하는 도중에 다른 것을 생각하고 사는 것이나 다름없는 상태가 된다. 처음에는 죽음을 생각하는 것만으로 두려움에 떨지만, 시간이 흐르면 내가 죽는 것을 생각해도 무덤덤해진다. 죽음에 관한 생각이 마치 가까운 미래의 여행을 위한 저축처럼 여겨지는 날도 있다. 자살을 생각해도 두렵지 않을뿐더러, 도리어 마음이 평화로워지기도 하는 것이다. 하지만 죽음이 아무리 익숙하게 느껴진다 해도, 그것이 내 삶에 아무런 가치가 없음을 방증한다는 사실 앞에서는 매번 무너지지 않을 도리가 없다.

그간 제법 많은 사람이 내 소설이 빈번히 죽음을 다루는 이유를 궁금해했다. 나는 조심스러운 질문을 받을 때마다 작가로서 내 소설에서 죽음이 의미하는 바를 나름대로 충실하게 해명해왔다. 물론 그 대답들은 모두 거짓이 아니다. 나는 소설가이다. 그러므로 소설을 쓸 때에는 소설가로서 책임감을 가지고 소설을 생각하고 쓴다. 그럼에도 지금껏 내가 소설을 포기하지 않고 계속해서 쓰게 한 동력을 묻는다면, 거기엔 분명 죽음을 향한 강렬한 충동이 있다. 이것이 작가인 내게 얼마나 손해가 될 만한 발언인지 알고 있다. 더욱이 자신이 쓴 소설 뒤에 덧붙이기에는 더할 나위 없이 부적절하다. 작품에 대한 정교한 자기 변명으로 읽힐지도 모르고, 여태껏 내놓은 소설들의 의미마저 납작하게 만들어버릴 수도 있으며, 독자의 연민을 구걸하는 것처럼 여겨질지도 모른다. 하지만 이제는 아무래도 상관없다. 들키지 않으려 애썼고, 끊임없이 의미를 발생시키려 노력했지만, 내가 쓴 소설 대부분이 죽음을 향한 충동과 살고 싶다는 구조 요청을 동반하고 있었음을 더는 감추고 싶지 않다.

『자동 피아노』는 그중에서도 내가 바깥을 향해 보낸 가장 직접적이고 격렬한 신호였다. 이 작품의 연재를 앞둔 시점의 나는 짧은 인생을 통틀어 신체적으로나 정신적으로나 가장 위태로운 상태에 있었다. 당시 〔문학3〕 연재 지면의 담당 편집자였던 박주용 씨에게 연재 시작 한달여를 앞두고 지면을 포기하고 싶다는 연락을 했던 기억이 난다. 갑작스러운 첫 소설집 출간 준비로 인해 여유가 없다고 둘러댔지만, 사정을 알 리 없는 박주용 씨는 연재 시작까지 추가로 한달의 시간을 더 확보해주겠다고 했다. 〔문학3〕의 기획위원인 양경언 평론가는 이 연재가 분명 작가로서 중요한 경험이 될 거라며 무엇이든 써보라고 격려했다. 그 배려와 설득마저 거절할 수는 없었고, 맨발로 지옥 불 위를 걷는 것 같은 기분으로 매주 원고를 마감했다. 그러나 연재를 마친 뒤 한해가 지나 출간 계약서에 서명을 하고, 개고를 위해 작품을 다시 읽기 전까지만 해도 이 작품이 얼마나 형편없었는지에 대해서는 전혀 알지 못했다. 당시를 돌아보기가 쉽지 않아 원고 검토를 마냥 미뤄온 탓이었다. 만약 미리 그 사실을 알았더라면 이 작품을 단행본으로 출간하자는 제안을 받아들일 수 없었을 것이다.

2016년 가을에 시작된 '#문단_내_성폭력' 해시태그 운동 당시 공론화에 참여했던 피해자들을 근래 들어 다시 만난 뒤, 나는 인간의 언어가 얼마나 참혹하게 찢겨나갈 수 있는지 알게 됐다. 단호하고 정확한 피해자들의 언어가 낯설었기 때문이다. 불과 삼년 전만 해도 그들의 언어는 감정적으로 격앙되어 있을 뿐 아니라, 상황의 전후 관계를 파악할 수 없을 정도로 조각나 있는 일이 부지기수였다. 개고를 더는 미룰 수 없는 지경에 이르러서야 『자동 피아노』의 원고를 읽어 내려가며 내가 본 것이 바로 그렇게 찢기고 훼손된 언어였다. 끝없는 동어반복, 논리와 인과가 없는 진술, 상충되고 모순적인 사유가 끓어넘치는 정념에 매몰된 채 뒤범벅되어 있는 광경은 처참했다. 소설을 써오는 내내 심리적 문제에서 자유로웠던 적은 없지만, 내게는 내가 세상에 내놓은 것이 문학적으로 제련된 작품이라는 최소한의 확신이 있었다. 하지만 2018년 봄에 쓴 『자동 피아노』는 내가 작가로서 세워둔 최후의 방어선을 무너뜨렸다. 그것은 작품이라 부를 수 있는 것이 아니었다. 증상이었다.

돌이키기에는 이미 늦은 시점이었다. 출간을 약속한 이상 책임을 져야만 했고, 그건 엉망진창인 언어의 아수라를 어떻게든 바로잡아야 한다는 뜻이었다. 높은 집중력과 과단을 요하는 일이기는 했지만, 개고의 과정은 비교적 수월했다. 다만 작품이 작품다운 형태를 갖추고 언어가 정돈되어갈수록 작품 속의 증상이 설득력을 갖게 된다는 사실은 나를 또다시 당혹스럽게 했다. 예술의 형식은 하찮고 누추한 것에도 의미와 가치를 부여하지만, 동시에 우리가 매혹되어서는 안 될 대상을 아름답게 보이도록 만듦으로써 윤리적 딜레마에 봉착하고야 만다. 나는 선택의 기로에 있었다. 이 작품 그 자체라고도 할 수 있는 '증상'을 삭제하고 새로운 이야기를 써야 하는가. 오랜 고민 끝에, 나는 그것을 철회하지 않는 쪽을 택했다. 목차에서 세부에 이르기까지 많은 것이 달라졌지만, 혼탁한 의식의 흐름 속에 가라앉아 있던 것을 건져올려 명료하게 했을 뿐 이 작품의 핵심은 거의 변하지 않았다. 만일 이 작품이 누군가를 매혹한다면, 그것은 이 작품이 실패했다는 의미일 것이다. 그러나 나는 이 작품이 분명 누군가에게는 매혹적일 수밖에 없다는 사실 또한 알고 있다. 그런 관점에서라면 이 작품은 이미 실패한 작품이다. 그것을 알면서도 실패를 감내하기로 한 것은 작가로서, 그보다는 한 인간으로서 내 삶의 절박했던 시절을 부정하고 싶지 않았기 때문이다. 더는 제아무리 치명적인 과오나 실패도 나를 장악할 수 없다는 사실을 스스로에게 증명하고 싶기도 했다.

이 작품을 쓰던 즈음에, 나는 십수년 만에 처음으로 가까운 사람들에게 내 죽음 충동의 심각성에 대해 솔직하게 이야기하기 시작했다. 내가 사리분별을 할 수 없는 상태에 이를지도 모른다는 공포에 항시적으로 시달리고 있다는 사실도 털어놓았다. 정신과 치료를 시작하고 그만두기를 여러차례 반복하면서도 의사에게조차 구체적으로 이야기해본 적 없는 것들이었다. 그 무렵에 상담과 약물 치료를 병행하기 시작했다. 하지만 그때도 치료에 별다른 기대를 건 것은 아니었다. 실제로 치료 초기에는 상태가 점점 나빠지기만 한다고 느끼는 날이 더 많았다. 그러나 내 상황을 솔직하게 고백한 것이, 그저 뭐라도 붙잡을 것이 필요해서 시작한 치료를 지속하는 계기가 됐다. 남편은 그 모든 치료 과정을 누구보다 가까이에서 함께 견딘 사람이었다. 그는 내게 차도를 재촉하지 않으면서도, 내가 원할 때면 한번도 거절하지 않고 내 이야기를 들어주었다. 강박적인 불안 때문에 생기는 돌발 상황 앞에서도 당황한 기색을 내보인 적이 없다. 그 시기에 나는 정말로 내 고통을 있는 그대로 느끼는 자유를 누렸다. 평생 바뀌지 않는대도 괜찮다던 그의 말은 내 심리적 문제의 심각성을

인지하게 된 이후 들은 모든 말 중 가장 위로가 되는 말이었다. 그가 나를 있는 그대로 감당해준다는 것을 고맙게 여겼기 때문은 아니었다. 내가 절대로 변하지 않으리라 생각했기 때문이고, 또한 변하고 싶지 않았기 때문이다.

극심한 불안과 죽음 충동에 사로잡힌 삶에서 벗어나고 싶었다. 그러나 그런 삶에 익숙해지자, 그때부터는 불안과 충동이 그 자체로 나 자신인 것만 같았다. 나를 고통받게 하는 것이 내가 글을 쓸 수 있게 만들었다고 믿게 되어버린 것이다. 나는 글을 쓰는 행위를 통해서만 겨우 내 내면의 진실을 대면할 수 있다 믿었고, 글쓰기는 무가치한 삶에서 나라는 존재의 의미를 확인할 수 있는 유일한 수단으로 여겨졌다. 결국 나는 불안과 우울, 그것을 감지하는 섬약한 감각이 사라지고 나면, 내 존재 가치를 증명할 길을 영영 잃게 되리라는 예감에 사로잡혔다. 그래서 다소 낭만적으로, 나를 더욱더 어둡고 축축한 심연을 향해 밀어 넣었던 것이다. 그 사실을 인정하기가 정말로 쉽지 않았다.

내가 더이상 죽고 싶다는 생각을 하지 않게 됐다는 사실을 불현듯 깨달은 건 지난봄의 어느날이었다. 결정적인 사건 같은 건 없었다. 아주 갑작스러운 깨달음이었고, 그걸 알게 되자 순식간에 삶이 다르게 감각되기 시작했다. 내가 나를 견디기 위해 견고하게 구성했던 자기 서사가 모조리 부서졌는데도 삶은 끝나지 않고 계속되고 있었다. 오히려 나와 나를 둘러싼 세계가 더 선명하게 시야에 들어왔고, 과거의 경험은 새롭게 해석되었다. 절대로 변하지 않을 줄 알았고, 변하지 않기를 바랐던 고통으로부터 내가 어떻게 빠져나왔는지를 여기에 모두 설명할 수는 없다. 그럴 필요는 더더욱 없을 것이다. 나는 그 어떤 위대한 예술도 인간을 진정으로 위로하거나 구원할 수 있다고 믿지 않을뿐더러, 나와 무척 비슷해 보이는 사람들이 나와 전혀 다른 사람이라는 걸 안다. 고통에는 얼굴이 없어서 누구에게로 가느냐에 따라 매번 다른 표정의 얼굴이 된다. 삶이 정체되어 있다는 감정에서 벗어나기 위해서는 다양한 현실적 조력이 필요하고, 그 조력 없이 개인의 의지는 자주 무력해진다. 나는 내 의지만으로 여기에 온 것이 아니고, 내 경험이 다른 누군가에게 섣부른 희망으로 전달되기를 바라지 않는다. 다만 이 말은 남겨두고 싶다. 평생 변하지 않는대도 괜찮다. 그러나 절대로 변할 수 없는 것은 없다.

2018년 봄, 『자동 피아노』는 자신의 고통에 함몰된 사람의 일기이자 타인과 교통할 수 없는 내면에 더 중요한 진실이 있다고 믿었던 자의 허약한 독백에 불과했다. 그리고 2019년 가을에야 비로소 『자동 피아노』는 한편의 소설이 됐다. 독자들이 소설 속 인물에서 현실의 나를 보는 것은 두렵지 않지만, 그것이 독자의 자유를 제한하게 되는 일은 여전히 두렵다. 두렵지만, 내가 쓴 다른 작품들이 언제나 독자의 관점을 통과해 더 넓고 깊은 의미의 층위로 이동해갔듯이 이번에도 그럴 것이라 믿고 있다.

각 장의 부제인 피아노 연주곡은 매 챕터를 쓰기 직전 즉흥적으로 정한 것이다. 당시의 감정과 생각을 부풀리는 음악을 선택해 들었고, 원고를 쓰는 동안에는 음악을 듣지 않았다. 보통은 적막 속에서 소설을 쓰지만, 음악을 듣고 싶을 때에는 1998년 도이치 그라모폰이 발매한 빌헬름 켐프(Wilhelm Kempff)의 슈베르트 피아노 소나타 앨범만을 듣는다. 지난 수년간 그래왔고, 이 소설을 쓰는 동안에도 마찬가지였다. 나는 피아노와 피아노 솔로 연주를 몹시 사랑하지만, 악보를 읽거나 피아노를 칠 줄은 모른다. 종종 피아노와 나 사이에 놓인 그 장벽이 내가 피아노를 더 사랑하도록 만드는 것 같다는 생각을 한다.

나는 아직도 가끔씩 급격한 불안과 긴장을 느끼고, 일상의 많은 시간을 학습된 무기력과 싸우는 데에 소모한다. 그러나 백지를 마주 보는 설렘과 소설 쓰기의 즐거움을 깨달아가고 있다. 나의 글쓰기가 벗어날 수 없는 잔혹한 운명이 아니라, 혹독한 삶 속에서 내가 나를 파괴하지 않을 수 있었던 이유라는 것. 쓰지 않을 수 없었기 때문이 아니라, 자발적인 선택으로 쓰고 있다는 것. 내게도 오랫동안 소진되지 않고 쓰고 싶다는 작가로서의 욕망이 있다

는 것. 얼어붙은 자기만의 세계를 단숨에 벗어날 수는 없
겠지만, 걸어볼 것이다. 익숙한 사물의 반대편으로 건너가
서야 비로소 보이는 풍경이 있을 것이다. 그곳을 향해 걸
어볼 것이다. 아니, 이미 걷고 있었다. 언제부터인지는 기
억나지 않는다. 그것은 너무 오래전의 일이다.

| 수록된 곡 |

4 Ballades, Op.10 —— Johannes Brahms

Sonata in D Minor, Kk.9 "Pastorale" —— Domenico Scarlatti

Piano Sonata No.16 in A Minor, D.845 —— Franz Schubert

4 Dirges, Op.9a, Sz.45 —— Béla Bartók

12 Preludes —— Galina Ustvolskaya

Gaspard de la nuit, M.55 —— Maurice Ravel

Piano Transcriptions of Song, Op.41 —— Edvard Grieg

Suite No.1 for 2 Pianos, Op.5 —— Sergei Rakhmaninov

Gesänge der frühe, Op.133 —— Robert Schumann

Piano Sonata No.2 in G-Sharp Minor, Op.19 "Sonata Fantasy" ——
  Aleksandr Skryabin

Cheap Imitation —— John Cage

12 Études, Op.10 —— Frédéric Chopin

Fantasy In D Minor, K.397 —— Wolfgang Amadeus Mozart

Drei Klavierstücke, Op.11 —— Arnold Schönberg

The Seasons, Op.37a —— Pyotr Il'ich Chaikovskii

5 Klavierstücke, S.192 —— Franz Liszt

Prelude in D-Flat Major —— Lili Boulanger

French Suite No.1 in D Minor, BWV 812 —— Johann Sebastian Bach

Free Improvisation —— Park Chang-Soo

Visions De L'amen (pour deux pianos) —— Olivier Messiaen

자동 피아노

초판 1쇄 발행 / 2019년 12월 5일

지은이 / 천희란
펴낸이 / 강일우
책임편집 / 한인선
조판 / 한향림
펴낸곳 / (주)창비
등록 / 1986년 8월 5일 제85호
주소 / 10881 경기도 파주시 회동길 184
전화 / 031-955-3333
팩시밀리 / 영업 031-955-3399 편집 031-955-3400
홈페이지 / www.changbi.com
전자우편 / lit@changbi.com

ISBN 978-89-364-3807-4 03810